# 落語 月の会

鳴尾 健



文芸社

# 落語月の会　目次

# 序章　二番太鼓

南海電車天下茶屋駅前商店街の入り口には立派な看板が掲げられているが、アーケード街を進むにつれて道幅はどんどん狭くなり店の佇《たたず》まいも古くなっていく。初めて通る人は時代を遡っているような不思議な感覚に襲われる。平成バブルの時代から高度成長期の大阪に紛れ込んだような気分になる。屋根がなくなり車一台が通れないほどの道になって、このまま行けばいきなり戦後の闇市の風景が現れるのではないかと思い始めた頃、商店が途切れる。

そこから数百メートル先の路地を入ったところに安アパートがあった。玄関を入ると部屋ごとの下駄箱があり、廊下をはさんで両側に三つずつ部屋が並んでいた。突き当たりには共同の便所と階段が向かい合わせにある。以前は大家が二階を使っていたらしいが、今は誰も住んでいない。アパートの住人が顔を合わせることはほとんどなく、すれ違っても軽く頭を下げるくらいで、どの部屋に住んでいるのかさえ分からない者もいた。

卯喬《うきょう》さんの部屋は西側の並びの真ん中だった。六畳一間の窓の向こうにはすぐ隣の家の外壁があって一日中陽が射さなかった。大した家財道具もないので狭くは感じなかったが、夏の暑さも冬の寒さも建物の古さも押し入れの黴臭さも天井の染みも畳の湿り具合もどれをとっても快適とは言えなかった。それでも内弟子修行の年季が明けた落語家には月一万二千円の家賃は有り難かった。

入門すると三年間、師匠の家に住み込みで修行をする。掃除、洗濯、炊事などの家事一切から師匠の身の回りの世話までが仕事である。落語の稽古も付けてはもらうが、生活の大半は雑務に追われている。自由になる時間などほとんど無いが、内弟子の間は家賃の心配も無く、三度の食事にもありつける。師匠に付いて前座として高座に上がることもできるから習ったネタを高座にかける機会も与えられる。最初は辛くても一年もたてば要領良くこなすことが出来るようになった。早く年季が明けることを望む気持ちがなくなることはないが、これも悪くないかという気もしていた。

年季が明けると師匠の家に住み続けることは許されない。住むところを探さなくてはならない。仕事はない。とはいえ道頓堀や千日前へ出やすい場所が良い。たどり着いたのがこの部屋だった。

部屋が汚いことは苦にならなかった。嫌だといえる状況でもなかった。ただ数少ない仕事の帰りに通る夜更けの商店街は夏でも寒々として、狭くなる一方の通りを歩いているとそれだけで心細くなった。

お多福来い来い金持って来い
お多福来い来い金持って来い

次の仕事が決まっていない時は、いつも気を紛らすために二番太鼓を口ずさみながら家に帰っていた。

卯喬さんにはもう一つの悩みのタネがあった。卯喬さんの部屋の隣には奥にニートの青年、手前にホストの兄ちゃんが住んでいた。別に知りたくはなかったが入居の時に大家が教えてくれた。卯喬さんが仕事をして家に帰るのは夜八時過ぎ。テレビを見ながら晩飯を食べて、銭湯に行って寝るのは日付が変わる頃だ。それより遅くまで起きていてもすることもない。仕事が有っても無くてもそれは同じだった。落語家だから朝早い仕事はない。若いから昼前まで寝ていたい。それを許さないものがあった。

何故ニートの青年がこのアパートに住んでいるのか事情は知らない。表札も出ていないから名前も判らない。青年と言っても見方によっては自分よりかなり年上にも見える。週に二度、月曜日と木曜日の夕方、食料を持って来る母親が卯喬さんのお母さんより若く見えるので青年ではないかと見当をつけている。

このニートが性質《たち》が悪い。昼夜が逆転している。卯喬さんが銭湯から帰って来る時分には大抵テレビゲームをしている。薄い壁の向こうから聞こえてくる単調な電子音が最初のうちは気になったが、次第に慣れて眠れるようになった。ニートは明け方までゲームを続け、腹が減ると共同便所の手前の小さな炊事場で湯を沸かしインスタント焼きそばを食べる。食べ終わるとギターを弾いて歌い始める。午前四時から。歌う歌は吉田拓郎の『人間なんて』に決まっている。ものまねをしているのかも知れない。声は拓郎に似ている。音程と節は全く違う。ギターのコードも合っていない。歌詞が無ければ何の歌か分からないかも知れない。

にんげんーなんてらーらーらららーらぁ
にんげんーなんてらーらーらららーらぁ
なーにかがーほーしいおーいらー
そーれがぁなーんだかーはわーからなーいー
だーけどーなーにかがぁーたーりないよー

いーまのぉじーぶんもーおーかしいよー

初めのうちは怖かった。それでもいきなり妙な歌で起こされる日が何日も続くと今度は無性に腹が立ってきた。卯喬さんは思わず怒鳴った。

「おかしいと思《おも》たら、やめぇ」

ニートは歌い続けた。ここはつま恋でも中津川でもない。天下茶屋だ。他のやつらは何故、文句も言わずに寝ていられるのだろう。壁を叩いても歌は終わらなかった。どうせ寝られないならこっちにも考えがある。壁に向かって落語の稽古を始めた。覚えたばかりの『時うどん』。

さっさと歩き
　けど、おもろかったなぁ
　　ひやかしは廓《くるわ》の一の客というさかいなぁ

そーらにうかーぶくもーは
　いーつかーどーこかへとーんでゆくー

けど清やん腹減ったなぁ、何ぞ食お
　何ぞ食おはええけど、銭持ってるか
　　銭やったら、ひぃふぅみぃよぉ…八文ある
　　　どあほ、そんな端銭《はしたぜに》、子供にやったかて喜ばんわ

そーこになーにかがあーるんだろーか
　そーれはだーれにもわーからないー

ズルズルズルー
　うん、ええ出汁使《つこ》てる
　　かつお節、張り込んだな

にんげんーなんてらーらーらららーらぁ

引っ張りな、半分残しといたるがな

にんげんーなんてらーらーらららーらぁ

そないこのうどんが食いたいか

食いたきゃ食え

食わいでか…

しばらくすると背中の方で鍵を開ける音がする。ホストの兄ちゃんが帰って来たらしい。そんなことに構っていられない。意地になった。相手がやめるまでやめられない。夜が白々と明け始めたころ、『人間なんて』が終わった。しばらくは興奮して寝られなかったが、それでも布団の中に入るといつの間にか眠りに落ちてしまった。

応酬はその日だけで終わらなかった。ニートの歌は毎晩続き、卯喬さんは『時うどん』を繰《く》り続けた。ホストの兄ちゃんが帰って来る。しばらくして夜が明け始めたころ『人間なんて』は突然終わり、卯喬さんは布団に入って眠りに落ちた。

三カ月ほど経ったある日のことだ。仕事もなく昼前に目を覚ました卯喬さんが便所に行って帰って来ると、隣の部屋からホストの兄ちゃんが飛び出してきた。卯喬さんは身をすくめた。毎日毎日、夜明け前に大声で『時うどん』を繰っているのだ。文句を言いに来たに違いない。殴られるかもしれないと思った。

「落語家さんですよね」

ホストの兄ちゃんが言った。少し高めの柔らかな声だった。卯喬さんは顔を上げた。ストレートジーンズにトレーナーを着た、髪の長い二十代半ば過ぎの細身の男が立っていた。怒っている様子ではなかった。卯喬さんが「はい」と答えるとホストの兄ちゃんは、ボク、あれ覚えましたと言う。何を言っているのか分からなかった。卯喬さんが曖昧に笑っているとホストの兄ちゃんは顔を突き出して言った。

「あの、うどん食べる話。覚えました」

ホストの兄ちゃんは、毎晩勤め先から帰って隣の部屋から聞こえてくる落語を聞いているうちに『時うどん』を覚えてしまったと言った。

「最初のうちは、うるさいなあと思てたんです。けど、よう聞いてるとムチャクチャ面白《おもろ》い話やし、毎晩聞いてたら覚えてしもて、店行く途中でやってみたら最後まで喋れてしもて。ほんで、お客さんに聞かしたら、ボク、人気者《もん》になって。今、指名ナンバー2になったんです」

ほんまかいなと卯喬さんは思った。

「ちょっと入り」

卯喬さんはホストの兄ちゃんを部屋に入れ、座布団を出して座らせた。

「座布団、持ってはるんですね」

「落語家やさかいな。ちょっと演《や》ってみ」

「えっ」

「覚えた噺《はなし》、演ってみ」

ホストの兄ちゃんは俯き加減に『時うどん』を一席演り切った。卯喬さんは感心した。

壁越しに聞いていたので仕草がない。落語とは言えないが噺はほぼ完璧に入っている。目をつぶって聞いていると、ここというところで思わず笑ってしまう。うどんを啜《すす》る音と出汁を吸う音の微妙な違いも演じ分けている。自分の落語のコピーがこれだけ面白いのなら俺の落語は間違っていなかったのだと思えてきて感無量だった。

「あのな、落語には上《かみ》と下《しも》があるねん。上下切って喋らなあかん」

「カミとシモ…」

「お客さんから見て向かって右が上手、左が下手や。年上とか偉い人は上手に居てる。よその家とか店に行ったら家の中が上、玄関先が下や。落語も歌舞伎も吉本新喜劇も皆一緒や」

卯喬さんは捲《まく》し立てた。二人の男が話をしていたら賢い方が上、あほが下になる。漫才も、本来はツッコミが上でボケが下だ。だからうどん屋は右を向いて喋り、客は左を向いて喋る。うどん屋と話す時にはたとえ屋台でもうどん屋が上で客が下。

「ええか、演ってみるで」

卯喬さんは四角く座り直した。

おぅうどん屋、寒ぶいなぁ

　一杯つけてくれるか

　　へぇへぇおおきぃありがとぉさんで

　　うどーんぃ、そーばやうぃー

　　　やかましいわ

　　　　えらいすんまへん

　　　　　うどん屋が建て前言うて怒られたん初めてです

　ホストの兄ちゃんが卯喬さんが演った通りになぞった。

「そや。兄ちゃん、筋がええがな」

卯喬さんはアタマから稽古をつけ始めた。間違えたら演り直させる。切れのいいところまで来ると、そこまでもういっぺん演ってみよかと何度も繰り返した。卯喬さんは根気よく稽古をつけ続けた。元より教わることはあっても人に教えるのは初めてだった。うどんを食べる件《くだり》までくると押し入れの中から新しい扇子を出して、「これ使い」とホストの兄ちゃんに手渡し、自分は使い慣れたいつもの古い扇子でうどんの食い方を演ってみせた。

ふーっ、ふーっ、ずずーっ、…うまい
　うどん屋、お前とこええ出汁使《つこ》てる
　　やっぱりなあ、うどんは出汁が肝心や
　　　かつお張り込んだある
　　　　うどんてなもん、少々粉《こ》ぉが悪うても
　　　　　出汁が良けりゃあ美味《うも》ぅ食えるがな、なぁ
　　　　　　ズルズルズル…、美味い
　　　　　　　うどんもコシがあって上手いがな

晩秋の日が西に傾き始めた頃、オチまで一通りの稽古が終わった。

「どや、アタマから通してみるか」

「いえ、そろそろ仕事の時間ですんで」

何でやねん。稽古はこれからやないか。一番大事なとこやないかと言いかけて言葉をのんだ。卯喬さんは目の前にいるのがホストの兄ちゃんだということをすっかり忘れていた。この時間が彼の出勤時間だ。夜七時に店に行き、夜明け前にアパートに帰って来る。勤務時間帯を考えなければ規則正しい生活を送っている。今日、彼のペースを乱したのは自分の方だった。

「そうか、長い時間すまなんだな」

「いえ。これ、ありがとうございました」

ホストの兄ちゃんが借りていた扇子を返そうとした。

「構《かま》へん。ちょっと待ってや」

卯喬さんは年季明け前に師匠からもらった手拭いを出してホストの兄ちゃんに渡した。

「扇子と手拭いは落語家の必需品や。君にあげる」

落語家の必需品をもらってどうなるのか分からなかった。「ありがとうございます」と
ホストの兄ちゃんは取り敢えず頭を下げた。

「がんばってな」

部屋に帰る兄ちゃんの背中を眺めながら、卯喬さんは思った。

——ニートも落語習いに来たらええのに

こうして、ホストの兄ちゃんは扇子と手拭いを手に入れた。

# 第一章　開口一番

　雪を被った白山《はくさん》の頂が夕陽に染まっている。足羽川《あすわがわ》の川面を吹き渡る風は冷たく橋の上を行き交う人々は厚手のコートの襟を立てて足早に歩いて行く。それでも橋の中ほどに差し掛かると一様に足を止め、満開の桜並木に目を遣る。地球温暖化の影響で最近は雪が少なくなったという。それでも福井に暮らす人にとって冬は雪との戦いの季節だ。街なかの雪がとけてひと月経っても、春一番が吹いても、テレビの週間天気に晴れマークが並んでも冬が終わったと簡単には思えない。季節が逆戻りするかも知れない。気を緩めるとまた痛い目に遭うかも知れないと臆病になる。凍りついた心を安堵させるのが桜だ。福井市の中央を流れる足羽川堤防の桜が花の盛りを迎えるとやっと春の訪れを実感することができる。雪解け水は川の濁りに変わり、水かさを増した流れが冬の記憶を押し流していく。

　日が暮れるとベテランの照明技師が灯した明かりが河原に張り出した桜の枝を仄かに浮かび上がらせた。ステージ脇のスピーカーから音楽が流れ始めると河川敷にブルーシートを敷いた一角は俄かに華やいだ雰囲気に変わり始めた。さっきまで低い唸りを上げていた電源車の発動機の音もいつの間にか気にならなくなり、堤防を歩く人々の雑踏や遠くを走る路面電車の音や川の水音が耳に戻ってくる。

「ひと口にライトアップっちゅうても建てもんに当てる照明と自然のもんに当てる照明とはまったくの別もんや。ビルやら鉄塔やらは陰影を強調することで効果が出るし、そそり立った岩肌やら滝やらは特徴的な部分を最大限に生かす光の当て方をせんならんのや」

同い年の上司は自分が照明を当てた桜の木を眺めながら満足そうに言った。

「それじゃ、お願いします」

十二歳年下の同僚が音楽を止めて声を掛けると首からサクソホンを下げた初老の男がステージに上がってマイクの前に立ち、「まもなく開宴時間です。それまでの間、音響のチェックを兼ねまして何曲か吹かせていただきます」と言って演奏を始めた。『イフ・アイ・シュッド・ルーズ・ユー』、『我が心のジョージア』、『ゼア・ウィル・ビー・アナザ・ユー』…。同僚は初めのうち、ヘッドホンをつけてミキサー卓のフェーダーを弄《いじ》っていたがすぐに目を閉じて聴き入っている。

開宴時間が近づくと会社の仲間や関連会社の社員たちが集まり始めた。

毎年この時期は新入社員の歓迎会を兼ねた恒例の花見が催される。足羽川の河原にはいくつものグループが集まって騒いでいるが、本職のイベント業者の宴会はスケールが違う。ステージを組みスピーカーを立て照明を施した会場を見て、野外ライブでも始まるんですかと聞く人もいる。温かい飲み物や料理を並べた一角があり、若いスタッフが使い捨てのカイロを配っている。

ジャズマンとはいつも仕事の現場で顔を合わせる。本職はジャズハウスの経営者だが依頼があるとイベントの会場に出かけて、どんなに騒々しい宴席の余興でも文句も言わず淡々とサックスを吹く。花見には毎年、客の一人として招待されるが、いつもお世話になっていますからと音響チェックのための前座を買って出る。

『黒いオルフェ』が終わって、ありがとうございましたと下がりかけると、アンコールの声がかかった。ステージの前には数十人の人垣ができていた。彼は『ステラ・バイ・スターライト』を吹き、今度は何も言わず軽く頭を下げてステージを下りた。

大阪で生まれて福井に移り住んで二十五年になる。大学を卒業して地元で就職した頃はバブル景気の真っ只中だった。大手の証券会社に入社したが、すぐに会社を辞めて独立した。暮らしに困ることはないと思っていた。事実バブルがはじけるまでは何不自由なく生活していたし、どこからともなく金が舞い込んできた。抉《えぐ》るような不景気が押し寄せ、蓄えを切り崩し、負け組に転落してその日暮らしのような生活を送るようになった。その頃アルバイトをしていた店で知り合って結婚した妻の実家がある福井に越してきたのは三十歳になるひと月前だ。義理の父親の口利きで地元のイベント会社に途中入社し、今に至っている。催事会場の設営や音響照明、ケータリング、余興の仕込み、コンパニオンの手配から折り込みチラシのデザインまで何でもやらされる。大阪弁が芸人のようだとお笑いイベントの司会をやらされたりもする。人使いは荒いが苦にはならない。肌が合っているのだろう。小さな会社なので人事異動も配置転換もない。入社当時の同い年の先輩がそのまま上司になり、同じ年に入社した高卒の同期とは今も机を並べている。

やぁーぶぅーれぇひとぇぇにーしゃみせんだぁけばぁー
よぉーさーれーよされーとゆきがぁーふーるー
なぁきーのーじゅうろーくーみじかぁーいーゆびにぃー
いぃーきーをふきかぁーけーこえてぇーきぃーたー

取引先の営業部長が熱唱している。

宴会はいつものように社長の挨拶から始まった。関連会社のスタッフに感謝し、社員の労をねぎらい、新入社員に歓迎の言葉を伝えると、早々にお約束のカラオケタイムだ。それにしても、『風雪ながれ旅』はないと思う。四月初めとはいえ河原の夜風は身に沁みる。五十代半ばにもなると洒落にならない寒さだ。お湯で割った焼酎の紙コップを手に音響席の傍にある木製のベンチに避難して腰掛ける。同僚が足元に置いた屋外用のヒーターをこちらに向けてくれた。

「へぇ、派手な宴会。カラオケやってるよ」

いつの間にかベンチの脇に若い二人連れの男が立っていた。ちょっと休んでいこうやと背の高い方の男が隣の席に腰を下ろした。見ると頭をツンツンに尖らせて皮のジャンパーを着ている。ジーンズには銀色のチェーンが下がっている。ベンチの背に腕を掛けるとカチャリと音がした。金属製のイボイボが付いたリストバンドをしている。思わず目が合わないように顔を背《そむ》けた。連れの男が、「すみません。俺もカラオケ歌っていいっすか」と同僚に声をかけた。

「お前ねぇ、いきなり歌ってもいいっすかは無いんじゃない。お仲間で楽しんでいらっしゃるんだから」

見かけによらない丁寧な物言いだ。ツンツンのイボイボはこっちに向かって、「すみませんねぇ。お騒がせして」と言った。その物腰が意外で思わず顔を見た。色が白く痩せて頬骨が出ているが、なかなか端正な顔立ちだ。面長で少々鼻が大きく左の頬にホクロが一つある。

「どうぞ歌ってください。飛び入り歓迎です」

同僚が連れの男に声を掛けた。

「それじゃあ、『マンピーのG★SPOT』お願いします」

隣の男とは対照的にジャガイモのような顔に長いまつ毛の二重マブタ。朴訥とした感じの青年だ。中途半端に伸ばした髪を掻き上げると間隔の狭いゲジゲジ眉毛が現れる。着ている物もパッとしない。着古した青いスタジャンの下に犬の絵の描かれたセーターを着ている。犬も二重マブタだ。どこで買ったんだろう。こんなセーターばかり売っている店があるとはとても思えない。たとえあったとしても客が来るとも思えない。

「またマンピー？　それしか知らねぇのかよ」

「いいじゃん、好きなんだから」

「すんません、いつもこれなんです」

再びツンツンのイボイボがこちらを向いて言った。悪い連中ではなさそうだ。気にせず歌ってくださいと答えて何気なく足元を見ると大きい靴が目に入った。二人のどちらの恰好にも似合わない不思議な鞄だ。地味で四角くてマチ幅が十五センチほどで、何といっても若者が提げるようなバッグではない。

「変わった鞄やなぁ」

「ああ、これですか。着物が入ってるんです」

「着物？」

「ええ、近くで落語してきた帰りなんです」

「落語ぉ？」

落語

全く結びつかない単語が口から飛び出して地面に転がったような気がした。

「落語をしてきたん？　君らが？」

「ええ落語してきたんです。嫌いですか、落語」

「いや、若いころは好きやったし遊びで演ってみたこともあったけど、最近は聞かへんなあ…。君ら、落語家か」

「アマチュアですけどね、落語家です」

ツンツンのイボイボが落語をしているところなんて二重マブタの犬の絵のセーターを売っている店と同じくらい想像できない。楽しそうやなぁと言ってみたが心にもない言葉は一瞬空中を漂って桜の花びらと一緒に風に乗り、足羽川の流れに吸い込まれて行った。

「大阪の人ですか。いいなあ、大阪弁。一緒に落語しませんか」

「えっ…」

思わず沈黙した向こうで二重マブタのジャガイモが熱唱している。

あれわぁまんぴーのじぃーすぽっ
じぃーすぽっじぃーすぽっ
まぁよーなかのもりをぉぬけてぇ
たぁどればぁじゆうのみちぃー

「また来週の日曜日、あいつん家《ち》の近所の公民館で落語するんです。福井駅のすぐ近くです。東口の方。見に来てくださいよ」

そう言うとツンツンのイボイボは鞄から取り出した落語会のチラシの裏に公民館の地図を描き始めた。リストバンドがベンチに当たってカチャカチャ音を立てている。

「すみません、ちょっとエコーが効き過ぎなんすけどぉ」

ステージから二重マブタのジャガイモが言うと同僚が手を伸ばしてエコーのレベルを下げた。

手渡されたヘタな地図を眺めながら、ありがとう。楽しそうやなと言った。さっきより少し重みがある言葉が二重マブタのジャガイモの歌に掻き消された。

夏は魂だって Yellow
Bye, Bye, Yeah ～

※

次の週末、教えられた公民館に着いたのは落語会の始まる一時間前だった。公民館の入り口には「真月・昭三の爆笑落語会」という立て看板が置かれている。事務所で二人に誘われて落語を見に来たと言うと、会場の奥にある控室に案内された。客はまだ来ていない。

正面には緋《あか》い毛氈《もうせん》を張った立派な高座が設《しつら》えてあり、その後ろには年代物の金屏風が立っている。

会場の脇の控室のドアを開けると、三人掛けのソファの真ん中で二重マブタのジャガイモが襦袢とステテコ姿で座っていた。目を閉じて口を開けイヤホンでスマホの音楽を聞きながら手で膝を叩いてリズムを取っている。

公民館の事務員にお客さんですよと言われて部屋の奥に居たツンツンのイボイボが振り向いた。細身で最近の若者にしては姿勢がいい。髪を下ろして黒紋付きの着物を着ていると、この前会った時とまるで別人だ。

「いらっしゃい。来てくれたんですね」

「この間と雰囲気が違うからちょっとビックリしたわ」

「あれはファッションです。ビジュアル系なんです。普段は」

「真月・昭三の爆笑落語会って書いてあったけど」

「あぁ、あたしが真月でこいつが昭三です」

「あ、ども」

二重マブタの昭三が右耳のイヤホンを外しながら言った。

二人は一年前にこの公民館が開いた市民大学の落語講座で知り合った。真月は福井で生まれ、東京の私立大学を卒業してUターン就職し、福井市内の会社で働いている。昭三は富山県の出身で福井県立大学を卒業して大手メーカーの福井支社に就職した。面識はなかったが周りは高齢者ばかりだったので自然に話をするようになった。

落語講座は福井市の文化事業で、四月から九月までの半年の間、毎月最後の火曜日の午後六時から八時までの講義を六回受ける。講義と言っても受講生は自分の好きな落語を一つ決めて覚えるのが目標だ。演目は自由で、出来るようになったところまで喋ると先生がアドバイスを与えてくれる。とはいえ二時間で十二人に落語を教えるのだから細かいところまで見てはいられない。講師は売れない落語家だったので、交通費を節約するために午後八時十分の普通電車で大阪まで帰らなければならない。高座が終わったら質問も受け付けず、公民館を飛び出した。

基本的な仕草や話し方を覚えたらほとんど我流で練習する。受講生たちは陰で「放し飼い落語大学」と呼んでいた。火曜日という日程も不評だった。週末に開催してくれれば受講できるのにという声も何件か寄せられたが週末は落語家が忙しいからという理由で却下され、平日に開講することになったという。

「月曜は公民館が休みでしょ。だから火曜になったらしいんすよ」

昭三がしたり顔で言ったが、公民館の定休日に興味はない。落語好きの館長が大阪からプロの落語家を招いて直接指導するという肝いりのプログラムだったが二十人の定員に十二人しか応募がなく、それも半年後の卒業発表の時には七人に減っていた。

落語家らしい名前がある方がいいだろうと、五回目の講義の時に先生がそれぞれに名前を付けてくれた。

「残ったのは七人だから曜日を名前に入れようということになったんです。あたしは本名が真五で、真っ先にその講座に申し込んだから月曜日の月をもらって真月。昭三は三番目だから水曜日の水をもらって昭水ってぇ名前になったんです」

「こいつはいいっすよ、真月なんてかっこいい名前だから。俺、昭水っすよ、しょうすい。ションベンみたいじゃないですかぁ」

卒業公演のあと昭水は先生にもらった名前を捨て、二人は「真月」と「昭三」という名で落語をしている。


しばらくすると真月がそわそわし始めた。帯を解いて着物の合わせ目を直し、また帯を締める。部屋の隅に行くと向こうを向いて、記録映画で見たアフリカの先住民のようにピョンピョン飛び跳ねている。

「本番前になるといつもああなんすよ。緊張すると着物脱いで跳ねるんす。だったら初めから裸で跳ねてりゃいいと思いません?」

「お前こそ早く着ろよ。何でいつも出番が来てからゆっくり着物を着始めるんだよ」

「わあったよ」

昭三が着物バッグを引き寄せ、中からオレンジ色の着物を引きずり出した。

控室から会場に戻り、中ほどの端《はじ》の席に座った。開演の十分前だったが客席は八割方埋まっている。年配の客に混じって若者の姿も見える。二人の知り合いも見に来ているのかも知れない。日曜の午後の公民館は顔馴染みばかりとみえて普段着で和気あいあいとした空気が充満している。

しばらくすると出囃子《でばやし》が流れ、控室のドアが開いて昭三が現れた。いささか緊張したような笑いを浮かべ雲の上を歩いているようなフワフワした足取りで高座に上がった。座布団の上で正座すると膝の前に扇子を置き、両手をついて申し訳程度に頭を下げた。

落語は学生時代に何度か聞きに行ったことがある。大阪サンケイホールの「米朝・枝雀親子会」。偶然入ったうどん屋の二階の座敷の若手落語家の勉強会。落研《おちけん》（落語研究会）の連れの新入生歓迎落語会…。数は少ないがピンからキリまでと言えなくもない。昭和の大阪は落語がすぐ近くにある所だったのかも知れない。きっと気が付かなかっただけなんだろう。

えー、まいどばかばかしいお笑いを一席。

それだけ言うと昭三は羽織を脱ぎマクラも振らずにいきなり落語を始めた。客席はまだざわついている。

こんにちは

あぁ八っつぁんじゃないか、どうしたんだい

大変なことになっちまった

大変なことぉ、どうした

呼び出し食らっちゃった

呼び出し？　どこから？　警察？

うぅん

裁判所？

うぅん

税務署？
　税金なんて払ってないもん
　　払えよ、お前

　立川志の輔の創作落語、『親の顔』だ。江戸落語はあまり聞いたことがないが、志の輔はテレビでも人気の落語家だし創作落語にも定評がある。『親の顔』を生で聞くのは初めてだけど素人《にん》にしてはなかなかテンポがよくて面白い。何より昭三の人に合っている。昭三は客の反応など気にしない。あくまでもマイペースだ。いつの間にか客席のざわめきは消え、高座に注目が集まっていた。

　テストで悪い点数を取って先生に呼び出された子供と父親の会話が生き生きしている。素のままだ。呼び出した先生の方はあまり上手くない。それでも飽きずに聞いていられるのは昭三の持つ独特の純朴な雰囲気。折角来たのだから笑ってやろうという客の温かさ。そして噺の力。ほんの十分ほどの落語だったが気持ちがほぐれ、いつの間にか声を上げて笑っている自分がいた。昭三の方もだんだん話に身が入り、最後は膝立ちになり身を乗り出してオチを言った。

お父さん、わたしはあなたの親の顔が見たい

高座に額を擦り付けるようにお辞儀をすると拍手が起きた。膝をずらして座布団を返し、羽織をつかんで立ち上がると昭三はぺこりと頭を下げた。唇が、あざっすと動いた。

入れ替わりに真月が高座に上がった。座布団を少し手前に引くと裾《すそ》を軽く捌《さば》いて膝をつき、流れるように頭を下げた。姿勢を正すと一拍置いて口を開く。

「折角皆様にお越しいただいたんだからもう少し長く喋ればいいのに十分で下りてしまいました。前回こちらにお邪魔した時もあの噺をしていたかと思いますが、あれしか出来ないんですよ、昭三は。もっと長い噺を覚えてもらわないとこっちが大変です」

会場から笑いが起きる。上品な笑い声だ。客はこの男の落語を聞きに来ている。笑い声でそれが分かる。

「いい陽気になりました。ぼちぼち桜はお終いですが、これからが一番過ごしやすい時期かと思います。うちの軒先に毎年ツバメが巣を作ります。最近は玄関が汚れるから嫌だとおっしゃる方がいらっしゃるそうですが、あたしはツバメの子育てを眺めているのが大好きでございまして…」

昭三が作った場の温もりをそのままに、自分の落語の空気に入れ替えていく。並みの素

人に出来ることではない。というよりプロでも難しいことを自然体でやってのける。天性の才能だろうか。客が引き込まれていくのが手に取るように分かる。

落語はただ笑えればそれでいいというものではない。演者と客席が同じ場所で同じ空気を吸い、同じ噺を共に楽しむ。語る楽しみと聞く楽しみ。地方の公民館でそんな落語会が開かれているとは思ってもみなかった。

真月は、昨年の暮れに初めての子供が生まれましたと近況を話し、子供の可愛さと自分が家族をいかに大切にしているかを少々大げさに喋って笑いを取り、落語の中には色々なご夫婦が出て参りますが、本日は浮気者の旦那様と悋気《りんき》の強い奥様のお噂でご機嫌を伺いますと言って滑らせるように羽織を脱いだ。

権助、権助や
あぁ権助、まあいいからそこへ座っておくれ
あたしゃあね、前からおまえに聞きたい聞きたいと
思っていることがあるんだけどね
このごろ旦那様の様子がおかしいと思ったら
どうもほかにお楽しみの家があるらしいんですよ

そりゃあ男ですから自分で稼いで
　ほかに楽しみを持つのは構いませんけどね

『権助魚《ごんすけざかな》』。旦那の浮気相手を突き止めるように奥様に頼まれた飯炊きの権助。一円もらって、用事に出かけるという旦那のお供をする。

真月が上品な中に嫉妬深さを含んだ大店《おおだな》の御寮人と素朴でまぬけな下男の会話を軽妙に語る。丸みがあり、それでいてよく通る声だ。仕草も堂に入っているから女形にも嫌みがない。ことというところで程よい笑いが起きる。悪ウケはしない。何とも居心地のいい場所だと思う。

今度は旦那が権助に二円渡して入れ知恵をする。

お前な、今日家へ帰ったらこう言っておくれ
　両国橋まで参りますと山田様にお目にかかりました
　いろいろ話をした挙句、柳町の何とかいうお茶屋へ上がって
　芸者を揚げてどんちゃん騒ぎをいたしました
　日和がよろしいから網打ちに出かけたらよかろう

というので柳町の舟屋から船を出しまして
隅田川で網打ちをいたしました
で、お前がな、帰りがけに魚屋さんに寄って
適当な魚を買って帰っておくれ

話に引き込まれる。江戸の町並みの中に居る旦那と権助を思い浮かべる。薄く開けた窓から春風が吹き込むと一瞬、鼻腔の奥に懐かしい匂いが広がった。見たこともない昔の町の嗅いだこともない埃っぽい匂い。

座布団の上の真月の姿が消えて金屏風が透けて見えたような気がした。

※

「ああ、ダメだ。チクショウー」

真月が髪の毛を掻きむしっている。

「こいつ完コピ落語だから納得のいかない所があるといつまでもウジウジ引き摺るんすよ。いつものことですから」

ダブルチーズバーガーを頬張りながら昭三が言った。

「良かったと思うんすけどねえ。どこが納得いかないのか分かんないのに反省ばっかかしてるんです。反省オタクなんすかね」

「そんな言葉聞いたことがないよ。お前さんは反省しなさ過ぎるんだよ。大体、女の子にモテたいっていう不純な動機で落語するからヘタクソなんだよ」

「そうかなあ。きょうは上手くいったと思うけど」

昭三はダブルチーズバーガーを口の中にねじ込むとポテトフライに手を伸ばす。

落語会のあと、二人が駅前のハンバーガーショップで反省会をするというのでついて来た。反省してるのは真月だけだ。オチの手前で噛んでしまったのが気に入らない。あれさえなければと歯噛みしている。聞いている方にはどこで噛んだのか分からなかった。

「すんません。折角来てもらったのに、こいつ何時もこんなんで…」

昭三が言うと、真月はボヤくのをやめた。ふんっと鼻で息を吐くと椅子の背に背中を付けてハンバーガーの包み紙を開いて頬張った。

真月はハンバーガーとアイスコーヒー、昭三はダブルチーズバーガーセットとテリヤキハンバーガーセットを注文した。

「コーラ、一つ上げますよ。二杯も飲むと体に悪そうだし」

コーラ一杯の問題ではないように思う。

「月の字やるからさあ。付けろよ、高座名。昭三の昭の字を笑うって字に変えて笑月。いいと思うよ」

「月の字やるって何か上から目線じゃね？　それに笑う月って石鹸のマークみたいじゃん」

「昭三よりよっぽど落語家っぽいと思うけどなあ」

アイスコーヒーのカップの蓋を開けてコーヒーフレッシュを入れながら真月がこちらに向き直って言った。

「やりませんか、落語。結構楽しいですよ」

「そうやなあ…。けど出来るかなあ」

「大丈夫ですよ。それに素人なんだから上手くいかなくても誰も責めませんから」

さっきまで客に分からないような小さなミスを悔やんでいた男の言葉とは思えない。真月は蓋が上手く閉まらなくて昭三に、これ頼むわとコーヒーカップを渡した。昭三が右手でポテトフライを摘まんだまま左手だけで器用に蓋を閉めて返した。

「すまね。…まんげつってえのはどうです。江戸落語と上方落語だし、あたしが真月だからまんげつ。洒落てますよ。絶対」

「漫才コンビみたいじゃゃん」

昭三がツッコむ。

「うるさいよ。…いやね、名前に月の字の付く落語家集めて月の会ってぇの作りたいと思うんですよ。落語月の会。今なら会員番号2番ですよ」

「やってみようかなあ、そこまで言うてくれるんやったら」

口の中でまんげつ…と呟いて紙ナプキンに『萬月』と書いてみた。

「この字はどうかな。落語家っぽいし」

「いいですねえ。萬月さん、落語月の会にようこそ」

昭三がナプキンで唇の端のケチャップを拭いながら口を挿《はさ》んだ。

「月の会…。何かカッコイイじゃん。そんなの作るんなら俺も笑月でいいよ」

「だったら会員番号3番な」

「えぇー、何で3番なわけ?」

「当然だよ。入った順番だし」

たった今、笑月になったばかりの昭三は不満そうな顔をしながら、「わかったよ。…じゃ俺これからコンパだし、お先ぃ」と言って席を立った。

こうして落語月の会は二〇一六年四月のある日曜日の夕方、福井駅前のハンバーガーショップで発足した。ひと月後の日曜日の敬老会の高座が落語月の会の初めての落語会に決まり、会員番号2番の萬月も出演することになった。

「開口一番でお願いします」

「開口一番？」

「前座のことです。これまではいつも二人だったから前座も何もなかったんですが、これからは最初が開口一番で最後がトリです」

真月が嬉しそうに小鼻をひくつかせている。

「何だっていいですから短い噺を一つ覚えて来てください。どんな落語、知ってます？」

聞き覚えのある演目を並べると真月はその中から、『つる』にしましょうと言った。所謂《いわゆる》、根問物《ねどいもの》と言われるジャンルでちょっと足りない男が知り合いの物知りに教えてもらった鶴の名の由来を受け売りでひけらかして失敗する。

「前座噺にはうってつけです」

第一回、落語月の会・爆笑落語会の演目が決定した。

つる　　萬月
親の顔　笑月
ふぐ鍋　真月

※

会場は郊外の老人ホームのロビー。楽屋はその脇の談話室だ。南向きの窓からは五月の陽光が差し込んでいる。開演まではまだ間があったが、早めに着替えることにした。着物を持っていなかったので、いつ買ったのか思い出せない浴衣《ゆかた》と角帯を箪笥の奥から引っ張り出して持って来た。

「いいんじゃないですか。浴衣には早いけど初めての出番だし」

先に着替えを済ませた真月はそう言いながら部屋の隅でピョンピョン飛び跳ねている。帯の締め方がよく分からずにもたついていると自分の帯を解いて、こうするんですと締めて見せてくれる。

「締められないんすか、帯」

笑月がオレンジ色の着物に巻いた帯を器用に後ろ手に締めながら無神経に言った。

# 第二章　二ツ目

梅雨は七月だ。カレンダーの六月の絵柄が紫陽花《あじさい》と蝸牛《かたつむり》というのは太平洋側の感覚だ。日本海側、特に北陸は七月下旬に梅雨が明ける。来年から七月の絵柄に変更するべきだと真月は言う。

「福井市の花、知ってます？　紫陽花ですよ、紫陽花。そんなことも知らないで全国的に六月は梅雨だと決めつけて善男善女に間違った知識を植え付けないで欲しいもんですよ」

「へぇー、福井市の花って紫陽花なんだ」

笑月は生ビール一杯で真っ赤になっている。七月半ばの土曜日の夕方、ビジネスホテルの屋上ビアガーデンは閑散としていた。雨は降ってはいないが雲が厚く垂れこめている。落語会のあとは喉が渇く。蒸し暑さも手伝って今日の打ち上げはオープンしたてのビアガーデンに決まった。敬老会の暑気払い落語会は好評を博した。特に老人ホームでは笑月の落語がよくウケる。

「多いっすから、ばあちゃんが。どういうわけかじいちゃんはあまり来なくて、どこ行ってもばあちゃんだらけなんすよ。俺、ばあちゃん子だったからばあちゃんは苦手じゃないんすけどね」

落語月の会は月に一、二度のペースで落語会に呼ばれている。真月の父親が役場の福祉関係の部署にいるのでその関係からのオファーを受けることもある。真月も笑月も福井市内の公民館や老人ホームでは有名人だ。

五月の初高座で演った『つる』はまずまずの出来だった。擽《くすぐ》りが飛んだり上下が入れ替わったりしたところがあったが、初めてであれなら上出来ですよと真月は褒めてくれた。六月に『平林《たいらばやし》』というネタを覚えて前座の萬月の持ちネタは二つになった。

「どれにするかなあ…。どれもしっくりいかないなあ」

ボールペン片手に真月が悩んでいる。「紫」「粋」「都」「侍」「東」…。いくつもの漢字を書いては首を捻る。

「萬月さんはどうです。決まりました？」

のぞき込んだ紙にも、「浪」「商」「城」「船」「米」…。

屋号を決めようと真月が提案した。

「桂とか、柳家とか、笑福亭とかあるじゃないですか。ちゃんと屋号があった方が落語家らしいし」

真月は江戸落語なので江戸らしい、萬月は上方落語なので大阪らしい名前を考えることになった。

「これにしようかな」

真月が最後の方に書いた「葵」という字に丸を付ける。

「ええんと違うか。東京らしい字やと思うで」

「よし、葵亭真月。…で、萬月さんはどうするんですか」

「うーん、どないしようかなあ」

「これ、何て字ですか」

真月が紙の上を指差した。「瓢」という字だ。

「ひさご。瓢簞《ひょうたん》のことや」

「何で大阪が瓢簞なんですか」

「大阪の人間は瓢簞が好きなんや。末広がりの縁起もんということもあるし、なんせ太閤さんの旗印が千成瓢簞やからな」

「なるほど。だったらこれでいいんじゃないですか。かっこいいと思いますよ」

「そうかなぁ…。ほな、瓢《ひさご》家《や》にしよか。瓢家萬月」

「葵亭真月と瓢家萬月。いいじゃないですか。…で、お前はどうするんだよ」

ビュッフェコーナーから笑月が山盛りの唐揚げを持って来てテーブルの真ん中に置いた。

「あぁ俺、何でもいいよ。適当に付けてくれれば」

「適当にってわけにいかないだろ。お前の名前なんだから」

「めんどくせえな。じゃあ立川でいいよ。志の輔師匠のファンだし」

「馬鹿野郎、プロの師匠の屋号つけてどうするんだよ」

「ダメなの?」

「ダメに決まってるだろう」

「どうして」

「どうしても」

しばらく続きそうだし、拗《こじ》れる話でもなさそうなのでアテになる物を取りに行った。焼き鳥と手羽先を取って帰ってくると話はまだ続いている。

ふと隣の席に目が行った。黒縁メガネをかけた中年の男の客が一人、赤いストローを挿したドリンクバーのオレンジジュースを片手に真月と笑月の会話をじっと聞いている。テーブルの上に食べる物は無い。周りは空きテーブルだらけだ。知り合いかなと思いながら見ているとこちらの視線に気づいて目を逸らした。

「それじゃあ聞くけど、素人とプロの落語家の違いって何なの」

笑月が真顔で聞くと真月の方も声のトーンがひと調子上がる。

「全然違うよ。第一にプロの落語家は寄席の高座に上がることが出来る。素人は上がれない」

「上がりたい？　俺、公民館で十分だけど。プロだって寄席だけじゃなくて公民館で落語したりしてるよ」

「そりゃあプロも公民館で落語することもあるけどさ。だけどプロの落語家はプロの師匠から稽古を付けてもらえる」

「それは噺を伝えて行かないと落語が滅びちゃうからじゃないの。覚えたくない噺も文句言わずに覚えなくちゃいけないって辛くね？　肌の合わない噺もあると思うよ。素人は好きな師匠の好きな噺だけ覚えてりゃいいんだしさ、ユーチューブで」

「『親の顔』しかできないのに偉そうなこと言うんじゃないよ。プロは落語だけで生活してるんだから」

「偉い？　それ。俺たちサラリーマンで固定収入があるから生活の心配せずに落語が出来るじゃん。確かに『親の顔』しか演らないけど、どこで演っても喜んでもらってるし。金がなくて切羽詰まった落語家より俺の方が余裕の落語が出来ると思うけどなあ」

「それが生意気だってぇの。プロの落語家は入門したら内弟子として師匠の家で三年間修行を積むの。掃除やら洗濯やら師匠のお世話やらをして行儀作法を身に付けるんだから」

「サラリーマンだって行儀作法は身に付けてるよ。でなきゃ社会でやっていけないし。売り上げだのノルマだのセクハラだのパワハラだの通勤地獄だのサービス残業だの…。社会人の方が修行、厳しいんじゃね？」

　どうやら笑月に分がありそうだ。いつも真月が正しい。なのに、何でそうなるのか分からないけれどいつも笑月にやられてしまう。助け船を出してやりたくなって口を挿んだ。

「立山はどうやろ」

「立山？」

「立川があかんということなら立山や。笑月、お前富山県出身やろ。せやから立山笑月や」

「ほぉー」

　笑月が目も口も鼻の穴も丸くしてこちらに向き直った。

「いいっすねー。立山笑月かぁ。そう来たかぁ。ありがとうございます。萬月さん。いいっすよ、それ。…唐揚げ食ってください」

「いや、今、自分で取って来たから」

真月がテーブルに目をやって素っ頓狂な声を上げた。

「何だこれ。鳥だらけじゃないですか」

「嫌いか？　鳥」

「嫌いじゃないですけど」

「いいじゃん鳥だらけ。乾杯しよっ。立山笑月に」

真月が、「何でお前に乾杯なんだよ」と言いながら飲みかけのジョッキを合わせてビールを飲み干した。笑月が店員に、「生ビール三つ」と声を掛けた。


「あのう、わたしにも名前を付けていただけないでしょうか」

突然、関西弁訛りの標準語で話しかけられて、ギョッとして三人が振り向くと四人掛けのテーブルの一つ空いた席の後ろに黒縁メガネの男が立っていた。手に赤いストローが挿さったオレンジジュースのグラスを持っている。緑色のポロシャツの裾を明らかにサイズの大きいチノーズのパンツの中に入れ、茶色の革のベルトを締めている。

「…はい？」

真月が小鳥のような声で聞き返した。黒縁メガネをかけてオレンジジュースを持った男は三人の誰とも目を合わせずにもう一度、わたしにも名前を付けていただけないでしょうかと言った。笑月が黒縁のオレンジジュースの顔を見上げながら応えた。

「いいっすよ」

「お前、何でこの状況で簡単に承諾出来るねん」

「いけないいすか」

「知ってる人ぉ？」

「ううん」

「あかん、頭痛い」

笑月を除く二人が半ばパニックを起こしていると、男は椅子を引いて空いている席に腰掛け、わたくしの申しますことひと通り、お聞きくださいますでしょうかと勝手に話し始めた。

「実はわたしは学生時代に落研に入っておりました」

黒縁のオレンジジュースは大学を卒業して親の口利きで地元福井県鯖江市の会社に就職

したが、すぐに仕事に行き詰まった。元来、人に馴染めない性格なのだという。出社拒否になり会社を辞め、しばらくブラブラしていたが、このままではいけないと思い立ち、考えた結果、学生時代に覚えた落語を誰かに聞いてもらうことにした。無性に落語が演りたくなったのだという。公民館や老人ホーム、介護施設、病院と手当たり次第に飛び込んで、落語させてもらえませんかと頼んで回ったが、どこも相手にしてくれない。無理もない。風体が怪しい。現れ方が怖い。言っている言葉の意味が分からない。

最後に訪れた病院の受付で、あのぅわたし落語がしたいんですと言うと受付にいた看護師が顔を強ばらせて、少々お待ちくださいと言って奥へ消えた。しばらくすると、こちらでお話をうかがいますと診察室へ通された。穏やかな顔立ちの中年の医者が、どうぞと診察用の椅子を勧めた。

「どうなさいました」

「わたし、落語がしたいんです」

「なるほど落語がしたいんですね。それはいつ頃からですか」

「ひと月ほど前からです。誰に言っても取りあっていただけないんです。お願いです。落語をさせてください。座布団…、座布団一枚お借りできませんか。ちょっと厚めの座布団です。薄い座布団だと足が痺れて辛いんです。わたし、厚い座布団なら一時間正座してもシビレがキレないんです」

初めてまともに対応してくれた嬉しさも手伝って、黒縁のオレンジジュースは捲し立てた。医者は最後まで話を聞くと、お話はよく分かりました。でも思いつめるのは良くありません。どうぞ一晩泊まっていってください。ご家族にはこちらから連絡しておきますと言った。

「その病院は心のお医者さまでした。その日は病室に泊めていただいて、翌日、お薬を処方していただきました」

「頭の病気だったんすか」

「心の病気です。それも極《ご》く軽い」

黒縁のオレンジジュースは一時的なうつ症状と診断された。医者は栄養のあるものを食べてゆっくり休めばすぐに良くなると言った。病院を出る時に受付の看護師が優しい声で、お大事にと言った。

「頭をっすか」

「心をです」

このことが縁になって黒縁のオレンジジュースは一年に一度、この病院で落語をさせてもらうことになった。リハビリ落語会というタイトルの落語会だという。

「頭のっすか」

「心のです」

　今日も、落語を演らせて欲しいと老人ホームにお願いに来たら玄関に落語会の看板が掛かっていた。事務所で聞くと、落語月の会という愛好家のグループが定期的に落語会をしているという。仲間に入れて欲しくて待ち伏せして後を尾《つ》けてきた。

「隣の席でお話を聞いておりました。わたしにも是非、月の字の付いた名前を付けていただいて、皆さんと一緒に落語をさせていただけませんか」

「苦労なすったんですねぇ」

　真月が涙ぐんでいる。聞いて泣くような話とは思えない。

「笑月。ここまで聞いてから、いいですよと違《ちゃ》うか」

「どこでもいいんじゃないっすか。落語演りたいんなら演ればいいと思いますよ」

「ありがとうございます。一生懸命演らせていただきます」

「パンチパーマっすか、頭」

「天然です」

「そんなこと、今、どうでもええやないか」

　真月が黒縁のオレンジジュースの顔をじっと見ている。パンチパーマじゃないんだってと笑月が言う。

「パンチでも天然でもどっちでもいいよそんなこと。…何月生まれですか」

「九月生まれです」

「それじゃ、きゅうげつってぇのはどうです。九月生まれのきゅう」

「きゅうげつ…。どんな字ですか」

「そやなあ。漢数字の九では芸が無いしなあ…。アルファベットのQはどうや」

「Q月…。いいですね、Q月」

「屋号はどうします」

「オバケのQ月はどうっすか」

「嫌です」

「んじゃ、サザンがQ月。出囃子、『マンピーのG★SPOT』使ってもいいっすよ」

「お断りします」

「だったら坂本Q月か人形のQ月しか残ってないっすよ」

「何でそれしか残ってないんですか」

「まあまあ。屋号は自分で考えて来てください。来月、お寺で落語会があります。良かったら出ませんか」

「ありがとうございます。是非、出演させてください」

　こうして八月の落語会の出演者は四人になった。Q月が前座を引き受けると言うので真月が言った。

「萬月さん、いよいよ二ツ目ですね。何か覚えないと。大きめの噺」

　二ツ目って？　と笑月が尋ねるとQ月が答えた。

「東京では前座修行が終わると二ツ目と言って独り立ちするのです。寄席の出番も二番目になります。上方では真打ちの制度が廃れてしまったので、出番を指す時はそのまま二番目と言うこともあります。次回の落語会ではわたしが開口一番、萬月さんが二ツ目です」

「あっ、この手羽先美味っ」

「笑月さん。あなた、人の話を聞かない人ですね」

※

　次の週末、四人は落語会の打ち合わせのために国道沿いのカラオケボックスに集まった。Q月から少し遅れると連絡があった。それじゃあそれまでの間にと笑月は『マンピーのG★SPOT』を歌っている。「まだ来ないならあたしも一曲」と真月が曲を選び始めたところにQ月がやってきた。モスグリーンのトートバッグから一本の筒を取り出し、あのぅ差し出がましいことをするようですが、これを…と、中から細長い紙の束を抜き取った。黒々とした墨で「落語月の会」と書かれている。捲《めく》ると「葵亭真月」が現れた。

「どうしたんです、これ」

「わたしが書きました。皆さんの分を書かせていただきました」

「Q月さん、名《な》ビラ書けるんですか」

興奮する真月に笑月が尋ねる。

「名ビラって何?」

「落語聞きに行くと名前書いた紙が下がってるだろ。あれが名ビラだよ」

「寄席文字て言うてな、歌舞伎の勘亭流や相撲文字と同じ縁起《おんな》文字や」

「わたしは落研時代、寄席文字の担当でした。寄席文字は江戸時代のビラ字に端を発するもので橘流とも申します。黒く太い線はお客様を表しています。ぎっしり客席が埋まりますようにという願いを込めて間を寄せて書くのです」

「Q月さん、オレンジジュースでいいっすか」

「ほんとに人の話を聞かない人ですね」

「それで、屋号は決まったんですか」

真月が聞くとQ月は鼻の穴を膨らませながら、はいと言って一番下の名ビラをめくって見せた。

「みどりのQ月です」

「みどりの…って何すか。それが屋号？」

「上方落語の方には、露の五郎、橘ノ円都、森乃福郎など、何々の…という屋号がありま す。わたしは緑色が好きなので、みどりのQ月にしたのです。ですから着る服も緑。スニ ーカーも緑。バッグも黄緑。…これは六年前に家の近所の平和堂で買ったものです」

笑月が、汚《きったね》え黄緑っすねと言ったがQ月は聞こえない振りをした。

「申し遅れましたが、わたしは今、鯖江市のスーパーみどり屋で働いています」

胸を張ると、くすんだ緑色のジャンパーにみどり屋という刺繍が見えた。「何食べますか」

と笑月が聞いた。

「ドリンクバーで結構です」

「貧乏なんすか」

「たまたま持ち合わせが無いだけです」

二人の会話をよそに、真月が丁寧に名ビラを巻いて筒に納めながら言った。

「演目決まりました？　萬月さん」

「『七度狐』にしようかなと思うんやけど。お寺の落語会やし」

「へえ、江戸落語ではあまり聞きませんね」

『七度狐』は、上方落語ではお馴染みの喜六・清八という伊勢参りの旅の二人連れが狐に化かされてひどい目に遭うという、所謂、旅ネタと言われるジャンルの落語だ。旅ネタは前座が演ることも多く、入込噺《いれこみばなし》と言われている。山寺でオバケや幽霊が現れてドタバタの騒動が起きる。

それならあたしも珍しい噺にしましょうかと真月が言って、お寺の落語会の演目が決まった。

手水《ちょうず》廻し　みどりのQ月
七度狐　瓢家萬月
親の顔　立山笑月
首提灯　葵亭真月

「ネタ帳もわたしが担当させていただきます」と言って、Q月がこれまでの月の会の落語会の演目を手帳に書き留めた。

「ちゃんと付けておかないと、次に同じ場所で落語をする時に演目が重なったりしますから」

笑月が横から覗き込んで言った。

「ボールペンで書くと、字ぃヘタっすね」

「やかましいわ、アホ」

少しキレかかったＱ月を横目に真月がカラオケのリモコンを手に取って選曲ボタンを押した。

「打ち合わせは終了。それでは今風のビジュアル系の曲、入れさせていただきます」

「そう言えば最近おとなしめやなあ。髪もそんなにツンツンしてないし…。イボイボのリストバンドやめたんか」

「手首に湿疹ができたんでやめてるんです」

モニター画面にピエロみたいな顔が現れ、派手なイントロが流れ始めた。

　空は青く澄み渡り
　　海を目指して歩く
　　　怖いものなんてない

僕らはもう一人じゃない

「『RPG』？」と笑月が言った。

「若い歌、歌うんやなあ。落語家の集まりとは思われへんな」

とツッコむと、長めの間奏で真月が真顔になって言った。

「何の歌か分かります？　これ。引きこもりが部屋の中で一人でロールプレイングゲームをやってるって歌ですよ。落語が無ければあたしも今ごろやってたかも知れません。ロール《R》プレイング《P》ゲーム《G》」

照明の加減で青白く見える顔に影が差したような気がした。落語は弱者に優しい芸ですからとQ月が隣でしんみりしている。構うことなく笑月がミラーボールのスイッチを入れ、タンバリンを振ってヘイヘイヘイヘイと歌に合いの手を入れた。

大切な何かが壊れたあの夜に
僕は君を探して一人で歩いていた
あの日から僕らは一人で海を目指す
「約束のあの場所で必ずまた逢おう。」と

※

本堂に高座が設えられているという。元々、寺の高座が落語の高座の語源になっているという。だから場の相性が良いのだろう。

控室は少し離れた場所にある。開口一番のQ月が身支度を整えて出て行った。出囃子係の真月もCDプレーヤーをぶら下げて居なくなった。

相変わらず帯が上手く結べない。何度も締め直していると笑月が、手伝いましょうかと寄って来た。

「ちょっとこれ一度ほどいちゃっていいですか。最初からやらないと、よく分からないんで…。あれ、おかしいな。自分のは上手くいくんすけど…」

やり直せばやり直すほど帯の位置が上がってくる。腹に食い込んで痛いと言うと、黙っててください。もう少しですと背中で言う。息が切れているのが分かる。帯を締めるのを手伝うのに何でこんなに息を切らしているのだろうと不安になっていると出囃子を出し終えて真月が戻ってきた。廊下の向こうからQ月の声と客の笑い声が聞こえる。

「Q月さん上がりました。なかなかいいですよ。さすがは落研出身ですね」

後ろ手にドアを閉めると本堂の高座のQ月の声が聞こえなくなった。

「準備いいですか萬月さ…。ちょっと何やってるんですか。早くしないと。次ですよ、出番」

「帯締めるの笑月に手伝《てつど》うてもろたら、訳が分からんようになってしもて…」

「バカボンみたいじゃないですか。解いてください、帯。あたしが手伝いますから」

真月の声が上擦っているのを聞くとこちらまで焦ってくる。笑月に、もうええからQ月の『手水廻し』の様子を見て来てくれへんかと言うと、わかりました。それじゃ真月、あと頼むわと言って何事も無かったように出て行った。

何とか帯を締め直して手拭いを懐に入れ、扇子を腰に差したところで笑月が帰ってきた。

「すまんな。Q月はどのへん演ってた?」

「…わしもよう知らんねん」

一瞬、笑月の言っていることが理解出来なかった。二ツ目で高座に上がらなければならないので、前座の噺がどこまで進んでいるかを聞きに行ってもらったのに、わしもよう知らんねん?

「いや、今高座に上がってるQ月は『手水廻し』のどのへんを喋ってたのかを聞いてるんや」

こっちが落ち着かなければとなるべく丁寧に尋ねる。

「だから、わしもよう知らんねん」

さすがにちょっとムッとした。誰のせいで慌てて帯を締め直して仕度をしてると思っているのか。しかもタメ口だ。確かに落語を始めたのは先輩かもしれない。それにしても干支二回りも年上の人間に向かって、わしもよう知らんねんはないだろう。笑月お前なぁ…、と言いかけたところで真月が割って入った。

「ちょっと待ってください、萬月さん。そんなとこありませんでした？『手水廻し』」

「そんなとこ？」

言われて気が付いた。ある。そんなとこ。『手水廻し』は田舎の宿屋に泊まった大阪の客が女中に、手水を回してくれと言うことから噺が始まる。顔を洗う洗面器を持って来てくれと言う意味だと分からず旦那に相談すると、板場の喜助に言うように。行ってみると喜助も知らないと言う。旦那に聞き直しに行くと旦那が、お前も知らんのか。実は「わしもよう知らんねん」。そこか。思わず、すまん笑月、お前に聞きに行かせた俺が悪かったと謝ると笑月が顔を崩して笑いながら言った。

「気にしないでくださいよ。…何の話か分かんないけど」

こうして、二ツ目の萬月も緊張を忘れて『七度狐』を高座にかけることが出来た。打ち上げで笑月が、俺のお陰ですね感謝してくださいと言った。

# 第三章　仲トリ

それから一年、ネタの数は六つになった。『つる』、『平林』、『七度狐』、『寿限無』、『狸の賽《さい》』、『桃太郎』。

「萬月さんもそろそろ何か大ネタを演りませんか」

最近、真月がしきりにそう言って勧める。九月最初の土曜日に開かれる福井市文化会館の落語会に向けて力が入っている。一一六二席の大ホールだ。もちろん落語月の会の自主公演ではない。福井市が毎年開催している健康長寿の集いのアトラクションに声が掛かったのだ。

「大ネタなあ。やってみたい噺はあるけど…」

「『らくだ』ですか？　『地獄八景』ですか？　『百年目』ですか？」

Q月が上方落語の大ネタと言われる演目を並べたてる。

「そんな長い噺はよう演らん」

「では『立ち切れ線香』とか、『崇徳院』とか」

「うーん。そのあたりは真月の方が得意そうやな。それに『立ち切れ線香』はハメモノが入るしなあ」

ハメモノは三味線や太鼓の鳴物をネタの中に取り入れる上方落語独特の手法だ。素人の落語会ではＣＤか何かで出囃子を流す程度で、ハメモノの入る噺を演ることはあまりない。タイミングを間違えて噺が台無しになることがあるからだ。

「では演ってみたい噺というのは一体何ですか」

「『はてなの茶わん』や」

人間国宝、桂米朝の十八番《おはこ》だ。もちろんプロの落語家なら一年や二年のキャリアで覚える噺ではない。Ｑ月が腕を組み深く頷いた。

「うーん、その手があったか」

「どの手やねん」

じっと聞いていた真月が、いいんじゃないですか。萬月さんのキャラに合ってると思いますよと言って手元のメモに演目を並べた。

親の顔　　立山笑月

松山鏡　　葵亭真月

仲入り

田楽食い　　みどりのＱ月
はてなの茶わん　瓢家萬月

「折角四人になったことだし、そろそろ仲入りを入れてもいいかなと思うんです」

「ネタおろしでトリは勘弁してくれへんか。ちょっと荷が重いわ」

「そうですか…」

真月が書いたばかりの番組を裏返して、

親の顔　　立山笑月
はてなの茶わん　瓢家萬月
仲入り
田楽食い　みどりのＱ月
松山鏡　　葵亭真月

と書きなおした。

「仲トリでも責任重大やけど、この演目なら仕方ないかな」

仲トリとは仲入り休憩前の出番のことをいう。同じ二番目の出演でも仲入り休憩無しの二ツ目とは意味合いが全く違う。仲入りが無ければ二ツ目は前座の作った落語の空気を次の演者に引き渡せばいい。仲入りが入って二番目が仲トリということになればそれなりのネタで客を満足させなければならない。そもそも素人の落語会に仲入りを入れること自体ちょっとした覚悟が必要だ。

「けど、トリが『松山鏡』やとちょっと軽いんと違うか」

「良いのではありませんか。桂米朝一門会などは仲トリで大ネタを出して、大トリの米朝師匠が軽めのネタで締めることがあります。なかなか粋なやり方です。そもそもアマチュアの落語会は…」

Q月の講釈の途中で笑月が割り込んだ。

「だったら俺、演ってもいいよ。大トリ」

短い沈黙のあと、真月が言った。

「笑月の『親の顔』が大トリの落語会なんて、出番が終わったら先に帰るわ」

※

福井市文化会館のステージは怖気《おじけ》づくほど立派だった。檜舞台に金屏風が置かれ、緋毛氈の掛けられた立派な高座には大判の座布団が敷かれていた。

舞台の上に立って客席を見ると足が震え出した。Q月は、スゴ過ぎます。こんな所で落語をさせていただけるなんてと言いながら涙を流して笑っている。

「幕、閉めてみましょうか。落語会だから緞帳は上げっぱなしにして定式幕《じょうしきまく》を引きますね」

会場のスタッフが言った。粋な心遣いに礼を言う余裕もなかった。上手から下手へ黒、柿、萌葱の三色の薄い幕が引かれると、ただ一人いつものように緊張感のない笑月が呑気な声で言った。

「へぇ、お茶漬け海苔の袋みたいっすね」

三人の斜め後ろにいたQ月が襦袢の袖で涙を拭きながら解説を始める。

「定式幕は主に歌舞伎の舞台で使われる引き幕です。芝居の幕開きと終幕に使われるものですが…」

「うひゃーっ。金屏風、眩しくね？」

「人の話、聞きなさい」

大トリの真月も開演前から着替えを済ませている。黒紋付きに袴を着けて気合いが入っている。笑月はいつものオレンジ色の着物に黒紋付きの羽織。Q月もトレードマークの緑の着流しだ。

「学生時代に落研の先輩に連れて行っていただいた古着屋で買ったものです」

真月がピョンピョン跳びながら、いいですね似合ってますよと言った。

「萬月さん、羽織買ったんですか」

「うん。ネットショッピングや。笑月が教えてくれた。仲トリやし、『はてなの茶わん』やし…。ポリの安もんやけどな」

「あたしの紋付きも袴もポリですよ」

「ポリエステルでいいのです。羽二重やお召《めし》であればどこに着て行っても失礼はありません。よく紬《つむぎ》を着て高座に上がる人がいますが、そもそも紬と言うのは普段着ですから…」

Q月の前を横切って笑月が高座に上がった。

「でっかい座布団」

「聞きなさい、アホ」

座布団の上でじっと目の前の定式幕を眺めていた笑月が黒紋付きの羽織を脱いで高座を

飛び降りると真月とQ月に手招きした。何だよ一体と真月がピョンピョン跳びながら笑月の方へ行く。普通に歩けばいいじゃないですかと言いながらQ月が付いて行った。

「いいからちょっと二人ともここに立ってみなよ」

笑月は真月を定式幕の黒い布の前に立たせ、Q月を萌葱色の布の前に立たせ、真ん中の柿色の布の前で振り返って言った。

「萬月さん。…保護色！」

福井市健康長寿の集い「落語月の会、爆笑落語会」は大入り満員だった。市の主催事業だから毎年盛況だということだが、担当者は、皆さん、落語を楽しみにしていたみたいです。こんなに盛り上がったのは初めてですと言ってくれた。おじいちゃんおばあちゃんはよく笑ってくれるので自分の腕が上がったような勘違いをしてしまうことがある。それでも自分の落語で笑ってもらって気分が良くないはずはない。

文化会館の近くの中華料理屋で餃子を摘みながら笑月が、俺のおかげで緊張しなかったでしょ、『はてなの茶わん』。と言った。

わたしはあなた方と定式幕になりたくて緑の着物を着ているわけではありませんとQ月が二杯目のビールでクダを巻き始めている。

「それにいたしましても、素人の落語会で今日の『はてなの茶わん』は上出来だったと思います。一年半の落語歴にしてはとても立派です」

「ほんとに良かったですよ。ネタおろしとは思えなかったです」

真月に褒《ほ》められると気分がいい。この男は世辞で褒めない。

『はてなの茶わん』は簡単な噺ではない。特に、茶金さんと呼ばれる茶道具屋の主人は演じるのにかなりの力量を必要とする人物だ。主人公の油屋も曲者《くせもの》だ。自分にこの噺を演るだけの力があるとは思わない。実際、今日の高座は大きなミスこそなかったものの、なぞるだけで精一杯だった。

「一つ大きなネタを覚えるとあとが楽ですよ。それにしても萬月さんはネタを覚えるのが早いですね」

「二カ月に一本のペースかな」

「そのくらいなら全然ありっすよ」

「お前が言うんじゃないよ」

「俺は二年半かけて『親の顔』に磨きをかけてんだよ」

「あんまり磨くと、親の顔から血が出ますですよ」

幾分、Q月の目が座り始めている。おもしれーと笑月がウケている。

「けど何でそんなに早く覚えられるんですか」

「何でかな。聞き覚えがあるからかな。覚えようとする前に言葉が出て来ることがあるんや」

それは不思議な感覚だった。何故、覚える前にセリフが出て来るのだろう。

おやっさん
　何じゃいな油屋さん
　　ぼちぼち出かけるわ
　　　日盛りじゃ、もうちょっと休んで行ったらどや
　　　　いやいや、こんなとこで油売ってても一文にもならん
　　　　　おもしろい商売やな、まあまあしっかりお稼ぎ

　それは昔聞いた歌謡曲のイントロが流れてくると歌詞が口をついて出てくる感覚に似ている。子供の頃、いつもどこかで流れていたラジオから聞こえてきたもの…。音楽番組、スポーツ中継、演芸番組。演歌、高校野球、漫才。昭和歌謡、阪神タイガース、そして落語。何十年も眠っていた言葉たちが次から次へと記憶の奥底から飛び出して自分の口から

溢れ出してくる。

あんさん大阪のお方。そうどっしゃろな
　京の人間にはそんな真似はちょっとでけん
　　やっぱり商いは大阪どすなぁ
　　　いわば茶金という名前を買うていただいたようなもん
　　　　茶金、商人冥利に尽きます

「落語の力かも知らんな」

落語の力ねえと言いながら真月がチャーシューをつついた。


店を出るとすっかり暗くなっている。

「夜の定式幕っすね」

「それも言うなら、夜の帳《とばり》や。帳より定式幕の方が言いにくいやろ」

真月が着物バッグを肩に担いで夜空を見上げている。

「かなり丸くなってきましたね。来週あたり満月かな」

「中秋の名月っすね」

「今年の中秋の名月は十月四日れす。中秋と言うのは旧暦の八月十五日のことを言います。れすから新暦れは中秋の名月は九月になることもあれば十月になることも…」

「行かないんすか、片町。すぐそこですよ。行くでしょう、フッー」

「…いいのれす。聞いていただけなくても。わたしの言葉など誰の耳にも届いていないのれす。落語らけがこの世の中とわたしとの唯一の絆なのれす」

Q月の様子がおかしい。大丈夫かなと思っていると笑月がQ月の肩に抱きつくようにして言った。

「届いてますよQさん。結構物知りだから好きだなぁ俺、Qさんが。落語は俺たちの絆じゃないっすか。ねぇ」

「笑月くん、あんた聞いてくれてたの…」

Q月の声が涙で震えている。ちょっと情緒不安定に陥っているのかも知れない。

「あのね笑月くん。絆というのは元来、犬や馬などの動物を木なろに繋いだ綱のことを言うのだけろね。落語の中にも…」

「行きますよ、片町」

「……」

「オゴりますよ。先月は残業が多くて懐が暖かいんす」

「ほんとに？　ありがとう。笑月くん、あれが片町の灯れす」

「何言ってんすか」

二人が肩を組んで片町のネオンサインに引き寄せられるように歩いて行く。笑月のスタジャンとQ月の薄緑のジャンパーが秋風にはためいている。そのうしろから真月が、まるで蛾だねと言いながら付いて行く。ええ会に育ってきたなと呟いた。まだまだ宵の口…。と、秋の虫が鳴いていた。

※

九月の終わりの日曜日、笑月と二人で山間の地区の公民館に落語を演りに行くことになった。笑月が運転する車の助手席に座っている。今日の落語会は真月への依頼だが真月は行けないと言う。

「あたしは去年、笑月と二人で呼ばれていった時に『松山鏡』を演っちゃったんです。だから皆さんで行ってください」

俺、『親の顔』でいいの？　と笑月が訊くと、お前はそれしかできないから替えようがないだろうと言う。確かにそうだ。けど真月には多くの持ちネタがある。

「違うネタ、演ったらええんと違うんか」

「いや。今、『松山鏡』しか演らないことにしてるんです」

そういえばこの頃、真月はどこへ行っても『松山鏡』ばかり演っている。どうしてだろうと聞くと笑月がハンドルに齧り付くように運転しながら答えた。

「コンクールがあるんすよ」

「コンクール？」

「ええ、落語の。毎年十月に大阪でアマチュアの落語コンクールがあって、真月それに出場してるんす。一昨年と去年は『権助魚』でダメだったから今年は『松山鏡』で挑戦するって」

「それで他のネタを演ってなかったんか」

カーブが深くなってきた。高い山は紅葉し始めているように見える。福井市内ではまだ連日夏日が続いているが、窓を開けると冷んやりした空気が流れ込んでくる。風の音に混じって川音が聞こえる。

「友達が三年前に過労死したんだそうで…。親友だったらしいんすけど。そいつが落語が好きだったんで落語始めたそうなんす、真月」

聞きもしないのに笑月が話し始める。真月とその友人とは小学校からの同級生で、それぞれ東京と大阪の大学を卒業して地元福井市内の企業に就職した。社会人になって休日には一緒に出掛けたりもしていたが、真月が学生時代から付き合っていた彼女と結婚してからはあまり会うことがなくなった。

「今でも落語以外はベッタリっす。好きなんすよ、奥さんのことが。前はネトゲなんかもやってたみたいっすけど、最近はやらないって言ってました。えっ。ああ、ネットゲーム。オンラインゲームのことっす。あれ、ハマるとリアルの友達減っちゃうんすよね」

数年ぶりに届いたのが友人の死の知らせだった。生前、沈んだ表情で残業が多いと嘆き、ブラックな会社なんだよと口にするのを聞いていたが、どこだって同じだよと受け流したことがある。もう少し真剣に聞いてやれば良かったと悔やんでもどうしようもない。通夜の席で母親から息子の物を何か形見に持って行ってほしいと言われ、目についたのが一枚の落語のＣＤだった。そのＣＤを撫でながら母親が言った。

「学生時代に落語を聞いて好きになったみたいです。仕事が辛い時に部屋で聞いていました」

知り合いが素人落語をしていて、秋に開かれるコンクールの応援に行った帰りに梅田のCDショップで買ったものだと言っていたそうだ。オムニバスタイプで四人の落語家の短い噺が一つずつ入っている。『権助魚』と『松山鏡』もその中に収録されていた。しばらくの間、真月は通勤の行き帰りに車の中でそのCDばかり聞いていた。市政広報で公民館の市民大学落語講座の記事を目にしたのはちょうどその頃だった。そのあとは知ってますよねと笑月が言った。

一度、借りていた出囃子のCDとプレーヤーを返しに真月の職場を訪ねたことがある。受付で呼び出すと髪を横分けにして会社の作業着を着た俯き加減の真月が現れた。コーヒーでも飲みませんか。ごちそうしますと社員食堂に案内してくれた。こんな所ですみませんねえと言いながら昼休みで混み合う食堂の隅の席に座る。

「ここが一番好きなんです。端っこ。落ち着くもんで」

思わず地味やなぁと言うと真月は、目立たないようにしてるんです。ダメ社員だから。落語に出て来る連中と同《おんな》じですよと言う。胸の名札には総務人事部副主任と書いてある。視線に気が付いて真月が言った。

「最初は営業部だったんです。でも人付き合いが苦手で、希望を出して今の部署に来たんです」

笑月は相変わらずハンドルに齧り付くように車を走らせる。途中、案内板の無い分かれ道を迷いもなく進むので、大丈夫か？　と聞くと、一年前に一度来てますからと答える。

「一年前…。道、憶えてるんか」

「たぶんこっちです。そんな匂いがします」

「お前は犬か」

しばらく走ると、スノーシェッドが張りだしたカーブの先に、目的地まであと五キロと書かれた案内板が出てきた。

「ほぉら、合ってたでしょ」

「犬よりスゴいな」

もうすぐですよと言うと笑月は嬉しそうに鼻歌を歌いだした。鼻歌も『マンピーのG★SPOT』だ。

「それにしてもQ月、何で来なかったんやろ」

先週、真月から今日の落語会に行ってほしいと言われた時、何故かQ月は、わたしは遠慮させていただきます。萬月さん、笑月くんとお二人でどうぞと言った。笑月とは目を合わせなかった。福井市文化会館の打ち上げの夜あんなに意気投合していたのに、ほんの少しの間にまたギスギスしている。

「わかんないっす。でも何か怒ってるみたいで…」

「怒ってるて、何かあったんか」

「十日ほど前にQさんから電話があったんすよ。聞いてほしい話があるって。覚えた落語聞いてみてくれっていうことかと思って行ってみたんすけど」

「普通、相談があると言うことやろ。それは」

　笑月によるとQ月の勤務しているスーパーみどり屋が経営危機に陥っているという。ほぼ同じ時期に近くにオープンしたコンビニエンスストアとドラッグストアに客を奪われて極めて厳しい状況だ。潰れるかも知れないし人員削減も考えられる。折角、みどり屋に勤めているからみどりのQ月という名前にしたのに、みどり屋がなくなってしまったらどうしたらいいですか笑月くんと思いつめた様子だったそうだ。

「どうしたらいいかって言われてもどうしようもないし…。だから言ったんです。みどりのQ月やめて、むしょくのQ月に替えたらどうですかって、名前。そしたら何でか分かんないけど機嫌悪くなって口利かなくなっちゃって…」

「そら、怒るわ」

公民館に到着して笑月が玄関の真ん前に車を停めると、中から出て来た男が、そこに停めるとお客さんが入れないから白線の引いてある所に停めてもらえませんかと言った。笑月が、いいっすよと言って車を停め直した。鼻歌を歌いながら車をバックさせている。やっぱりわかっていない。頼まれているのではなく怒られているのに。

「萬月・笑月爆笑落語会」は概ね好評だった。笑月の『親の顔』の途中で、一番前の席に座っていた小学生が、この話去年も聞いたと騒いだ。隣にいた母親が慌てて口を塞いだ。笑月は動じなかった。

狸の賽　　　　瓢家萬月
親の顔　　　　立山笑月
はてなの茶わん　瓢家萬月

演目は真月が決めた。

「笑月は『親の顔』しかできないので萬月さん、二席お願いします。『平林』や『桃太郎』

は子供の噺でネタがツクから、『狸の賽《タヌさい》』がいいと思います」

酒の噺と酔っ払いの噺、侍の噺と敵討ちの噺というように同じような登場人物が出てくる噺はネタがツクと言って同じ落語会の中では演らない決まりになっている。


およそ一時間の高座が終わると地元の婦人会お手製のおはぎと山菜汁が振る舞われた。お二人もどうぞと言われ、お言葉に甘えてと笑月がおはぎを立て続けに三つ食べた。喉を詰まらせかけて慌てて山菜汁で流し込む。子供がボクのおはぎを食べたと泣いている。

ごちそうさまでしたと公民館を後にする時に館長が、ありがとうございました。来年も楽しみにしていますよ、『親の顔』。と言った。笑月がマジっすかぁ。任せてくださいと応える。


スノーシェッドのあるカーブにさしかかるころには山道は暗くなり始め、笑月が車のライトを点灯した。

「『はてなの茶わん』より『七度狐』にしたらよかったかな。このあたりなんかちょうどええ雰囲気やし」

「狸と狐でネタがツクって言われますよ。真月に」

誰のせいで子供の噺が演れなくなったと思っているんだろう。……いや。思っていないか。笑月と話しているのだから。

「それにしても好きやな、『親の顔』」

ちょっと皮肉をまぶして言ってみた。やっぱり笑月はハンドルに齧り付くように車を運転している。

「十歳の時に病気したんすよ。俺」

唐突に切り出すと笑月は一人で喋りはじめた。

笑月は一九八五年二月生まれだ。真月とは同い年だが学年は一つ上だった。十歳の誕生日の数日後、熱が出て小学校を一週間欠席した。熱が下がって再び登校したが、三月に入ってまた発熱した。今度は三十八度を超える高い熱で、三日後に意識をなくし入院した。はっきりとした原因が分からず一時は生死の境を彷徨《さまよ》ったが何日かして意識が戻った。

「意識がなかったんで何日か分からないんっす。だから何日かして」

退院しても体の力が入らず、ベッドから起き上がることが出来なくなった。春休みの間はゆっくり休めばいいと周りは言ったが、新学期になっても状況は変わらず、結局、次の誕生日が来るまで学校を休むことになった。一年間休学したので結果、真月と同じ学年になった。

「この話すると大変だったなって言われることがあるんすけど、別に大変だったわけじゃなくて…。ただ寝てただけだし」

「けど五年生をやり直したわけやろ。そら大変やったなて言われるで」

「やり直したんじゃありませんよ。一年寝てて一から五年生っすから。それに早生まれだから下の学年と一緒でも気にならなかったし」

「気にせぇよ」

　話は十年後に飛ぶ。また唐突に。

「福井県立大学を選んだのはちょうどいい感じだったからかな。偏差値的にも良かったし。次男だし。富山出たかったし。距離的にも方角的にも良かったし。北の方には行きたくなかったんすよ。寒そうだし」

　どの理由も中途半端だ。二〇〇五年の春休み、三月に入ってすぐだったと思う。笑月は大学の近くのTSUTAYAに行った。何となく。会員証の期限が近づいていたので受付で手続きを済ませると旧作一本レンタル無料券をもらった。レンタルＤＶＤコーナーで何となく一本の洋画の旧作ＤＶＤを手に取り、アパートに帰って何となく見始めた。

「それがムチャクチャ面白くて。『フォレスト・ガンプ／一期一会』って映画で…。知能指数の低い男が主人公なんすけど。そのおかげですんげぇことになるんす。アメフトの全米代表選手になったり、ケネディ大統領に会ったり、ジョン・レノンと一緒にテレビに出たり、億万長者になったり。低いおかげで。知能指数が」

回文みたいだ。

笑月はそのDVDを八回見てから一週間後、TSUTAYAの返却コーナーの棚に戻した。それから何となくレンタルコミックコーナーの前を通った時、何となく目に留まった一冊の単行本を手に取った。

「こち亀。知ってます？『こちら葛飾区亀有公園前派出所』」

「知ってる。連載が始まったんが高校一年生の時や」

「えっ。そんな大昔からあったんすか」

Q月が腹を立ててるのもよく分かる。

「すんげーイッパイ並んでる中でテキトーに一冊選んで借りて帰ったのが九十五巻で。そしたらその中に、『幻⁉　の博物館動物園駅の巻』っていうのがあって。京成電鉄の博物館動物園駅の通路に不気味な顔したペンギンの壁画があるっていう話で。俺、見に行ったんすよ。京成電鉄博物館動物園駅に。春休みだったし。暇だったし。バイト料もらったとこだったし。東京、行ってみたかったけど、どこ行っていいか分からなかったから目的地が出来てちょうど良かったし」

笑月はTSUTAYAで借りたこち亀の九十五巻を持って京成電鉄博物館動物園駅に向かった。特急しらさぎと東海道新幹線を乗り継ぎ、東京駅から京浜東北線で日暮里駅まで行き、京成電鉄上野行きに乗り換えた。次の駅が博物館動物園駅だ。胸をときめかせていたら、着いたのは京成上野駅だった。間違えて特急に乗ったのかと思って先頭車両まで行ってみたが「普通」と黒地に白文字の地味な表示があった。改札口まで行って駅員に聞くと、博物館動物園駅は去年廃止になりました。駅は残っていますが停まりません。立ち入ることも出来ませんと言われた。笑月はその場に立ち尽くした。まるで不気味なペンギンの壁画のように。しばらくして笑月は諦めて福井に帰ることにした。諦めたと言うより他にすることがなかったからと言う方が適当かも知れない。京成上野駅の改札を出ることなく、もちろん博物館動物園駅に降り立つこともなく笑月は引き返した。日暮里駅の改札で駅員が、日暮里から乗ったんですかと言った。えっ何すかと言っているうちに後ろの客に改札を押し出されてしまった。

「帰りの新幹線で気が付いたんすけど、こち亀の九十五巻の初版発行って一九九五年なんすよ。すごいって思いません」

「たまたまやろ」

翌日、笑月はTSUTAYAにこち亀を返しに行き、何となくレンタルCDコーナーの前を通り、何となく目に留まった一枚のCDを借りた。

「それがサザンのアルバムだったんすけど…。知ってますよね。『サザンオールスターズ』」

「はい」

「その中に入ってたのが『マンピーのG★SPOT』で。ぶっ飛びましたよ。だって、芥川龍之介がスライを聴いて〝お歌が上手〟とほざいたと言うーって、歌詞にします？　普通。…ぼかぁベッピンな美女を抱いて宴《うたげ》に舞うばかりーって、意味分かんねー」

意味分かんねえ。何の話をしてるんだ、こいつは。

次の日、笑月は借りたCDを持って帰省した。電車に乗っている間、ヘッドホンでアルバムの中の『マンピーのG★SPOT』だけを聞き続けた。

地元の友人と待ち合わせて富山駅前のドーナツショップでドーナツを食べている時に友人が笑月を誘った。

「落語見に行かんがか。立川志の輔。すぐそこやぜ」

落語も志の輔も全く興味はなかったが、断る理由もなかったので付いて行くことにした。

立川志の輔は富山県出身で一年に何度か駅前のホールで落語会を開くと言う。

そこで聞いたのが『親の顔』だった。やっとたどり着いた。『親の顔』に。

「それがもう、ハマっちゃって。落語、一席終わったあとでアンコールしちゃったんすよ。

知らないもんだから。そしたら場内放送で、アンコールはご遠慮くださいって言われちゃって…」

とっぷりと日が暮れていた。秋の日は釣瓶《つるべ》落としと言うが山道はなおさらだ。前にも後ろにも灯りは見えない。照らされているのはヘッドライトの当たる限られた空間だけだ。

「落語聞いた後で思ったんす。そういえば落語みたいだなって」

「何が」

「フォレスト・ガンプも。博物館動物園駅のペンギンの壁画も。マンピーのG★SPOTも」

言いたいことは分かるような気がした。確かに落語だ。知能指数が低いおかげで向こうから幸せが寄ってくる男の話。東京の京成電鉄博物館動物園駅まで不気味なペンギンの壁画を見に行ったのに見ることが出来ず立ち尽くしている田舎の大学生。意味分かんねーと笑いながら飽きずに聞き続けてしまう不思議な歌。

「何となくなんすけど、ちょっと引っかかったんす」

「引っかかった?」

「こち亀の九十五巻が一九九五年発行だったことが。それで調べてみたら、みんなそうだったんす」

「みんなそうだった…？」

「『フォレスト・ガンプ』の日本上映も一九九五年。『マンピーのG★SPOT』のリリースも一九九五年。俺が病気で寝てた一九九五年。十年経った二〇〇五年の春にみんな押し寄せて来たんす。一九九五年が」

立川志の輔が『親の顔』を創ったのもちょうどそのころやないか？　と言いかけて言葉をのんだ。言葉にするのが野暮なようにも思えた。ほんの短い時間だけど、魂が沈黙の宇宙に投げ出されたような不思議な気分になった。秋の夜の星座の囁きが聞こえてきそうな不思議な沈黙だ。


創作落語はあまり聞かない。食わず嫌いなわけではない。美味いとか不味いとかではなくて消化不良を起こしそうな気がしていたからだ。十分に熟成した古典落語と違って、創作落語の味は若過ぎて心底楽しめないと思い込んでいただけかも知れない。

笑月がまた鼻歌を歌いだした。創作落語も悪くないように思えてくる。

思い出したように笑月が話しだす。それから十年後の話を。また唐突に。

「去年の春、アパートの掲示板に市政広報が貼ってあったんす。回覧板が回ってこないでしょう、集合住宅は。そこに書いてあったんすよ、市民大学落語講座の記事」

気が付くと頭の中で桑田佳祐が歌っている。

たぶん本当の未来なんて
知りたくないとアナタは言う
云《いわ》く曖昧な世間なんて
無情の愛ばかり〜

「近所の公民館だし、電話してみたらあなたが三番目の申し込みだってえれぇ喜ばれちゃって。…その後は知ってますよね」

カーラジオから途切れ途切れに音楽が聞こえ始めた。町に近づいてきたようだ。まだ明かりは見えない。

「疲れたでしょう、萬月さん二席たっぷりだったから。それにしてもすっかり暗くなっちゃいましたねえ」

「ああ…。うん。ちょっと腰が痛いなぁ」

「そうすか…」

何を思ったのか笑月はゆっくりとブレーキを踏み、路肩に車を停めた。それからおもむろに運転席のドアを開け、外に出て車の前を横切る。ヘッドライトが笑月の腰の辺りを照らし出すがスタジャンの陰になって表情は見えなかった。笑月の姿が暗闇に消え、少しの間をおいて外から助手席のドアが開いた。

「どうぞ」

笑月が立っている。…訳が分からないままシートベルトを外して車を降りた。

「周りに灯りがないから真っ暗っすね」

「そうやな…」

「夜空、眺めるのもいいもんすねぇ。何か吸い込まれそうっすね」

…何だか怖くなってきた。恐る恐る尋ねてみる。

「いや。何でこんなとこに車、停めたんや」

「えっ。だって萬月さんが言ったんじゃないっすか。星が見たいって」

「…腰が痛い、言うたんや」

# 第四章　仲入り

「全日本アマチュア落語選手権in船場」は毎年十月最初の週末に大阪市の中心市街地、船場で開催される。船場は中之島の南側を流れる土佐堀川と東横堀、西横堀、長堀に囲まれたエリアだが、西横堀と長堀が埋め立てられて境界が曖昧になった。船による物流が盛んだったころは商家が軒を連ね、上方の古典落語の舞台としてもしばしば登場する。南北は地下鉄御堂筋線の駅で言えば淀屋橋、本町、心斎橋の三つの駅、2キロほど。東西は1キロちょっとの面積だ。十歳に満たない丁稚でも使いに行ける広さだろう。今は高層ビルの立ち並ぶオフィス街だが、商都の賑いは昔と変わらない。

二十年以上前にここで素人落語家のコンクールを開催しようと始まったのがアマチュア落語選手権だ。平日の昼間は人口の密集するこの界隈も週末になると人影が疎らになる。ともすれば数百メートル歩いても誰にもすれ違うことがない。まるでゴーストタウンだ。大きなビルの中には大会議場や立派なホールを備えているものも少なくない。週末の空いているスペースを有効に使って船場ゆかりの落語イベントを開催すれば賑い創生にもつながる。交通の便も極めていい。経済界や落語関係の団体もその趣旨に賛同した。年々規模が大きくなる。予選会場は十カ所に分かれ、決勝は今橋の鴻池第一ビルの大ホールだ。全国各地から毎年三百人を超えるアマチュアの落語家が集まってくる。土曜日に予選会を行い日曜日に決勝戦という日程なので宿泊する参加者のおかげで少なからず金が落ちる。一石二鳥三鳥のイベントだ。

六時二十分の始発で福井駅を出発して八時二十二分に大阪駅に着いた。淀屋橋まで歩く間に自動販売機の缶コーヒーを買った。笑月はイヤホンでスマホの音楽を聞きながら踊るように歩いている。その後ろをQ月が付いて歩く。首だけが笑月に合わせた妙な動きをしている。二人は和解したらしい。と言うより笑月の方は別に仲違いしたとは思っていないので、Q月が機嫌を直したと言う方が正しいのだろう。スーパーみどり屋は経営危機を脱し、人員削減の話も白紙になった。みどりのQ月はむしょくのQ月にならずに済んだ。大した額ではなかったが、遅れていた夏のボーナスも支給された。三人でアマチュア落語選手権に出場する真月の応援に行かないかと誘うと二人とも二つ返事で行きますと言った。

「大阪に行くのは学生時代以来です。二十年ぶりです」

Q月はいつになく楽しそうだ。

真月は三人で応援に行くと聞くと、あからさまに嫌な顔をした。

「そんな…。応援なんて来ていただかなくてもいいですよ。やめてください。お願いだから」

「いいじゃん。その日は三人ともヒマだし。大阪見物もしたいし。ま、応援はついでということでさ」

相変わらず笑月が無神経に言った。

「あたしなんかより他にすごい出場者の方がいらっしゃるから、そっち見に行って勉強しなよ。萬月さんもQ月さんも是非そうしてください。あたしの応援の方は固くお断り申し上げますので」

真月は頑なに言った。とはいうものの折角来たんだから会場の隅でこっそり応援しようということになった。真月の出番は午後三時過ぎなので他の会場を見て回ることにした。

「まず北浜商工会館中会議室に行きましょう。富山のさんま家あか志さんが出場します。あか志さんは元々明石の出身ですが、学生時代は落研の帝王と言われた方です」

Q月に連れられて会場に到着すると最初の出場者が高座を下りるところだった。三人で席に着くと一人置いてさんま家あか志が高座に上がった。演目は『蛸芝居《たこしばい》』。制限時間は十分と決まっているのでマクラは振らずにネタに入る。長いネタをどう料理するかも腕の見せ所だ。

定吉、仏壇《ぶったん》の間ぁを掃除しましょ

へぇーい、…かなんなぁ、大きなお仏壇やさかい

船場の旧家やさかいなぁ、ぎょうさん位牌が並んだあるわ

おっ、待ちや、位牌を使《つこ》ぉてする芝居があったで

『蛸芝居』は船場の商家を舞台にした芝居噺だ。迂闊に素人に手が出せる噺ではない。

まだこの定吉は前髪の分際

その前髪を幸いに、当家へこそは入り込みしが

合点がゆかぬはこの家のハゲちゃん…

こら、誰がハゲちゃんや

上手い。素人のレベルではない。隣の席で笑月が瞬きもせず見入っている。聞かせる。笑わせる。唸らせる。思わず呟く。

「これ、ほんとにアマチュアの芸か」

「アマチュアの落語家は、プロの落語家のように幅広く満遍《まんべん》なくネタを覚える必要はありません。また、プロはすべてにおいて一定のレベルが求められます。アマチュアは自分の好きなネタをとことん洗練することが出来ます。ネタによっては中途半端なプロの落語家より上手いアマチュアがゴロゴロいるのです」

Q月に案内されたり常連客に評判を聞いたりして予選会場を回る。無料で入場できるのでどの会場もそこそこの入りだ。出場者のレベルはまちまちだが注目されている落語家たちは皆面白い。上手さだけでなく、十分間という持ち時間の中に個性をぶち込んでくる。正直、アマチュアの落語家のレベルがこんなに高いとは思わなかった。

三時前に真月が出場する会場に入り、一番後ろの一番端の席に座って出番を待つ。やがて出囃子に乗って真月が高座に上がった。演り込んだ噺、『松山鏡』。

人間、ものを知らないってことは恐ろしいもんで
　昔、越後の国の松山村には鏡がなかったそうで
　　この村に正直庄助という親孝行もんがおりました

…おかしい。いつもと違う。出だしから声が上擦っている。耳元でQ月が「緊張していますね」と言った。緊張していますねどころではない。遠目にも手が震えているのが分かる。額から汗が流れ、視線が揺れている。自分でも分かっているのだろう。必死に立て直そうとするが、いつもの真月には戻らない。上滑りしたまま十分間の持ち時間が終了した。

「だめだこりゃ」

と、笑月が言った。

真月は今年も予選落ちだった。結果発表が終わった会場の出口で待っていると真月が出て来た。足がふらついている。顔色が悪い。

「すみません。ダメでした」

「仕方ありません。全国から強豪が集まっていますから」

Q月が慰めた。みんな分かっている。周りの問題ではない。自分を見失ってしまっては勝負にならない。

「何か食べに行こか。残念会や」

「やめときます。早く家に帰りたいんで」

「ホテル取ったって言ってたじゃん」

「連絡してキャンセルした。どうぞ皆さんでごゆっくり」

そう言うと真月は地下鉄の階段に消えて行った。


「一人だけ先に帰ることはないと思いません？　こうして応援に来てやってるんすから」

「まぁ頼まれたわけやないけどな。よっぽどこのコンクールに思い入れが強いんやろ」

親友が過労死した。遺品だった落語のＣＤをきっかけに落語を始めた。親友がそのＣＤを買ったのはこのコンクールを見に来ての帰りだった。真月にしてみれば弔い合戦のような大会なのだろう。

「そりゃ分かるけど、コンパ、キャンセルしたんすよ。このために」

笑月がボヤキながら牛カツの串をソースの中に突っ込む。

「けど何で大阪の串カツって二度漬けお断りって書いてあるんすかね」

「それは食べかけの串カツを二回ソースに漬けたら汚いからです」

Ｑ月がたしなめるように言う。

「そりゃ分かってますよ。書かなくっても分かりません？　常識じゃないすか」

なるほど。確かにわざわざ書かなくてはいけないことではない。Ｑ月が酎ハイのお代わりを注文する。

三人で大阪に一泊することにした。真月の決勝進出を信じてホテルを取ってあった。真月は帰ってしまったが、どうせ明日は休みだし帰ってもすることもないのでこのまま泊まることにした。梅田のホテルにチェックインを済ませて、地下の串カツ屋で一杯やることになった。

「ホワイティ梅田になったんやな。梅チカて言うてたのに」

「梅チカって何すか」

笑月の質問にQ月が二杯目の酎ハイを店員から受け取りながら答える。

「梅田地下街のことです。大阪の人は何でも略して言うので梅チカです。ホワイティ梅田という名前に変わったのは八十年代後半だと思います」

「ふうん。梅チカの方がいいっすね。横文字にすると却ってダサくなりません？　ねぇ、Q月さん」

「わたしの名前のことですか」

混んだ店内は騒々しく、会話のボリュームも自然と大きくなる。厨房では客の注文を伝える声が一段と高く響く。いつの間にか店の前には行列ができている。

「そう言えば気になってたんすけど、コンクールの出場者が出番の前に手のひらに扇子で何か書いてペロって舐めてたんす。何すか、あれ」

「気持ちを落ち着けるためのマジナイや」

緊張している時に上がらないように、手のひらに「人」と書いて呑みこむと「人を呑む」というゲン担ぎになる。

「へぇ、マジナイっすか」

「おマジナイを馬鹿にしてはいけません。人の心というのは弱いものです。ちょっとした自己暗示が大きな効果を生むことがあるのです」

「何か、鰻の匂いしません？」

「やっぱり人の話を聞かない人ですね」

「隣が鰻屋やからやろ」

「梅チカで鰻って、食い合わせが悪いんじゃないっすか」

「それは梅干と鰻です。その他にも食い合わせには天ぷらと西瓜とか…」

「Q月さん。牛カツとレンコン、注文してもらえません？」

「わたしの話を聞く気がないのですか」

次の日は早めに起きてホテルで朝食をとり、大阪見物に出かけた。手始めにお初天神にお詣りをする。

「『初天神』って落語、この神社の話っすか」

「ここは露天神社という神社です。江戸時代の作家の近松門左衛門が書いた『曽根崎心中』という浄瑠璃の中で、お初と徳兵衛が心中したのがこの場所なので通称、お初天神と呼ばれるのです。『池田の猪買い』という落語の中には、お初天神の西門には紅卯《べにう》という寿司屋の看板があるという一節《いっせつ》があります」

「今はこんな都会の真ん中やけど、江戸時代は寂しいとこやったんやろな」

「落語の『初天神』は年の初めの天神講のことです。天神講は毎月二十五日に全国の天満宮で開かれていたものですからこの神社に限ったものではありません。上方落語の舞台は大阪天満宮です」

「ちょっと歩くけど、天満の天神さんに寄って行こか」

「『三人旅』みたいですね」

『三人旅』は落語の演目のひとつで、喜六と清八に加えて兄貴分の源兵衛が伊勢参りに出かける噺だ。なるほどボケの笑月とツッコミのQ月、兄貴分の萬月の三人旅か。上手いことを言うと思う。

「急ぐ旅やなし、ぼちぼち行こ」

「仲入り休憩みたいな一日ですからね」

出演者の多い落語会では途中に仲入りという休憩が入る。

「前から気になってたんすけど、なか入りってにんべんの無い『中入り』とにんべんのある『仲入り』があるでしょう。あれはどう違うんすか」

「中入りは元々、能楽《のうがく》で前ジテが橋がかりへ引っ込んだ後の時間のことを言います」

「前ジテ？　橋がかり？」

「前ジテは前半の主役のこと。橋がかりはお能の舞台の入退場のための通路です。間狂言《あいだきょうげん》が出てきてしゃべりだして、シテが汗を拭いたり、後《のち》ジテの衣装につけかえたりする時間が中入りです」

「シテがいっぺん中へ入る時間やから中入りか」

「この中入りが、相撲や芝居や寄席でも使われるようになりました。にんべんのある『仲』を使うのはお客さんが大勢入るようにと願うゲン担ぎの意味もあるのでしょう。メクリを書く時にも寄席文字は字画が多い方が書きやすいので、わたしはいつも…」

「タコ焼き食っていいっすか。屋台のタコ焼きってそそられますよね」

「だから人の話を聞きなさいって」

タコ焼きを食べながら大阪の寄席小屋、天満天神繁昌亭の前を通って天満宮に参詣し、天神橋筋から天神橋《てんいち》1丁目の交差点を西にとり、なにわ橋を渡ると堺筋に入る。

「『遊山船』という落語の中でみんなが夕涼みに来る橋として描かれているのがこのなにわ橋です」

「川を挟んで北側に天満青物市場、南側に八軒家浜《はちけんやはま》があったらしいな」

「『千両みかん』や『三十石』の舞台ですね」

「この橋を渡ると北浜。ここから先が船場や」

「地名の表示が今橋となっていますが、鴻池さんのお屋敷のあったところではありませんか」

鴻池善右衛門は江戸時代の豪商だ。上方落語では大金持ちの代名詞になっている。『はてなの茶わん』や『鴻池の犬』といった落語に登場するが、大金持ちといっても鼻持ちならない描き方をされることはない。大阪では金持ちはヒーローだ。

「このあたり、昨日の落語コンクールの会場の近くじゃないっすか」

「よう分かったな」

「何となく匂いで」

本町通りを東に折れて本町橋を渡る。途中、笑月が古い喫茶店を見つけた。

「ゼー六…。アイスもなかって美味いんすかね」

「老舗の喫茶店や。アイスもなかは名物や」

「ちなみにゼー六というのは江戸の人が大阪の人を馬鹿にして言った言葉で…」

笑月はQ月の話を聞かずにアイスもなかを買いに行く。

本町橋の上でQ月が東横堀を眺めている。

「堀川やけどちょっと曲がってるやろ。浄国寺という寺があって、それをよけるために曲げられたらしい」

「本町の曲がりですね」

「何すか？　本町の曲がりって」

「落語に出てきます。『まんじゅうこわい』とか『次の御用日』とか…。身投げの名所と言われるほど寂しい所だったそうです」

本町橋を渡って松屋町筋を左に曲がると西町奉行所址の石碑がある。

「西の御番所跡ですか。佐々木信濃守《さささきしなののかみ》で有名な」

Q月が石碑を撫でる。笑月はアイスもなかを食べ終わって包み紙を捨てるゴミ箱を探している。今来た道を南にとって日本橋《にっぽんばし》から道頓堀に入る。笑月が店の看板を見てエビだカニだと騒いでいる。

道頓堀が開削されたのは江戸時代の初めだという。北側がお茶屋の並ぶ宗右衛門町、南側が浪花五座と言われた芝居小屋が並ぶ芝居町、通称道頓堀通りだ。『親子茶屋』や『蔵丁稚』と言った落語の世界の面影はない。歩いているのは妙な格好をした若者ばかりだ。一昔前の大阪の盛り場の風情は消え去っていた。

「ジャリだらけやなぁ、道頓堀は」

「はぁ」

「道頓堀はすっかりジャリの道になってしもたなあて言うてんねん」

「そうっすかぁ。今時分、砂利道ってことはないっしょ。どう見てもアスファルトっすけど…」

戎橋《えびすばし》の上で笑月が両手と左足を上げておどけている。グリコの看板の真似らしい。不意にQ月が立ち止まって空を見上げて言った。

「大阪の空は狭いですねぇ。高いビルの隙間にしか空がなくてお気の毒です。第一、日の当たる時間が少なくていけません」

落語の世界の空はもっと広々としてたのではないかと思う。今の福井で暮らしている方が古典落語の世界に馴染みやすいような気がしてくる。

「それに都会には季節感がありません。夜は明るいし雨に降られても濡れないし…。同じ季節の同じ時間に同じお日様の当たる場所で生きているから、誰かが泣いたり笑ったり怒ったりしても共感できるのではないでしょうか」

Q月が珍しく感傷的なことを口にする。両手と左足を上げたまま笑月が言った。

「どうしたんすかQさん。頭、治ったんすか」

「しばいたろか。ボケ」

※

窓に広がる琵琶湖の景色を眺めながら眠ってしまったらしい。目が覚めた時には市街地に変わっていた。大阪の空が明るく輝いていたのに比べると上空には厚みのある雲が浮かんでいる。北陸の空は晩秋の色に変わりつつあった。向かい合った前の座席では笑月とQ月が凭《もた》れ合うようにして眠っている。いつもと違う週末が次第に遠のいていった。

敦賀駅を出てしばらくすると、特急サンダーバードは北陸トンネルに入った。光を失った車窓に列車の中の風景が映った。二十六年前、大阪から福井に来たときには特急雷鳥が十分近くかけて通過したトンネルを今はおよそ七分で通り抜ける。福井県の嶺北地方と嶺南地方を隔てる鉢伏山《はちぶせやま》を貫き、古くから北陸の玄関口にある宿場町として栄えた今庄《いまじょう》に抜ける。

二人の寝顔を眺めながら、いつか創作落語を創ってみようかと思い始めていた。子供のころに熱を出して一年間病の床に臥し、十年後に何かに導かれるように創作落語『親の顔』に引き寄せられていった笑月。ビルに切り取られた大阪の空を見上げながら、同じお日様の当たる場所で生きているからこそ誰かの喜怒哀楽に共感できるのだと言ったQ月。

上方落語をやめる気はない。誰が何と言っても古典が好きだ。それでも、福井に住んで福井の落語を創りたいという思いが湧きあがってくる。古典落語が何故好きなのかと聞かれれば、子供のころ自分が生きた町の記憶や人々の暮らしを噺の中に留めているからだろう。ならばそんなことが、今住んでいる町で出来たらいいと思う。

トンネルを出ると秋の夕陽が射して窓の外が明るくなった。山間を走る列車は日の暮れ前の薄まった光の中を週末から日常へと駈け抜けて行く。

「そろそろ仲入り明けですね」

いつの間にか目を覚ましたQ月が外の景色を見ながら言った。

# 第五章　くいつき

　十一月に入り穏やかな日が続いていた。最初の週末は金曜の文化の日から三日連続で落語会があった。土曜日は午前と午後に別のところで落語をしたので正確には三日で四回の落語会だ。真月はコンクールの予選落ちの後遺症も癒えて四人でフル回転の高座が続いている。

　この月は落語の依頼が多い。文化イベントの多い時期に加えて農閑期でもあるので公民館や老人ホーム、病院などからひっきりなしに連絡がある。最近は落語月の会の噂を聞きつけて直接メンバーに電話がかかってきたりする。日曜日の落語会を終えて公民館の近くの喫茶店で休んでいると、Q月のガラケーに出演依頼の電話がかかってきた。

「はい。わたしが落語月の会のみどりのQ月です。…はいそうです。会員番号4番です。…はい。えっ、何をするって落語ですけど。…はい。…はい。いや、歌は歌いません。ええ、踊りもしません。手品も出来ません」

　妙な受け答えだ。Q月の額に脂汗が滲んでテカテカしている。

「だから落語月の会です。落語をするんです。いや…、落語です。落語しかしません。落語をさせてください。お願いです」

目に涙を浮かべながら懇願している。Q月の隣で焼きそばを食べていた笑月が焼きそばの束をくわえたまま凝視している。

「だから落語月の…。あっ、あのぅもしかして勘違いじゃありませんか。わたしたちはですねぇ、落語の…。もしもし、もしもし…」

「切れたんすか」

「はい」

「何で手品の依頼が来るねん」

「それがどうやら別の芸能がメインの団体だと思われていたみたいで。らくごつきのかいは何が付いてるんやのって言われまして」

「どういうことっすか」

「だから歌か踊りか手品か何かに落語が付いていると思われたみたいです。何かに落語が付いている会だと」

「なるほど。落語がオマケの落語付きの会か」

「手品は無理っすけど歌いますよ、俺。立山笑月歌謡ショー、落語付きの会っていいんじゃないすか」

「一人でやり。誰も付き合わへん」

「ワンマンショーっすか。マンピー歌ってから『親の顔』かぁ。いや、落語が先の方がいいっすかね」

返事をする気にもなれない。Q月が、ところで萬月さんと話に割って入った。

「創作落語の構想はまとまりましたか」

「未《ま》だや。何か落語になりそうなネタがあったらええんやけど…」

「創作落語って何の話っすか」

「大阪からの帰りのサンダーバードの中で萬月さんが言っていた創作落語を創るという話です」

「そんな話、してましたっけ」

「笑月は福井駅に着くまで寝てたやないか」

「言奈《いうな》地蔵のお話はどうでしょう。鉢伏山の木ノ芽峠にあるお地蔵さまです」

Q月が話し始めたのは、子供のころ鯖江市の図書館で借りた『福井の昔話』で読んだ民話だった。

昔、旅人が木ノ芽峠で馬子に殺され金を奪われる。傍らの地蔵に、このことは誰にも言うなと口止めすると地蔵が、地蔵は言わぬが、お前こそ言うなと言った。年を経てこの馬子と若い旅人が峠を越す時に地蔵の話をすると、旅人に討たれてしまう。

「この若者こそ馬子に殺された旅人の息子だったというお話です」

「仇の因縁話か。面白い話やなあ」

創作落語を創ってみようかと思ったのも北陸トンネルの中だった。木ノ芽峠のある鉢伏山を貫くトンネルだ。言奈地蔵の話を聞かされるのも何かの因縁かと思う。

遅れて真月が店に入って来た。荷物を積んだ車を駐車場に停めるのに手間取ったらしい。席に着くとすぐに喋りだす。

「皆さんに相談なんですが…。さっき依頼の電話がありました」

「わたしは落語しかしませんよ。落語をさせてください」

「何言ってるんですかQさん。当たり前じゃないですか。落語の依頼ですよ。名田庄《なたしょう》の方から」

「名田庄って?」

皿の上の焼きそばの欠片《かけら》を掻き集めながら笑月が尋ねる。

「若狭や。小浜から山の方へ入って…、京都との府県境やな」

「ふうん」

「名田庄地区の文化振興事業で落語会を主催している人です。いつもは上方のプロの落語家を呼んでるそうなんですが、落語月の会の噂を聞いて連絡をしてきたそうです」

「名田庄で落語会をしてほしいということですか」

「名田庄って何があるんすか」

「山の中の集落やからなあ。この時期はイノシシが獲れるんと違うか」

「ボタン鍋かぁ。いいっすね」

「鍋食いに行くんじゃなくて落語演りに行くんだよ。それで来週の福井市立図書館子供落語会の会場に打ち合わせがてら見学に来られるそうです」

※

　そのおっさんの顔は日本猿に似ていた。白髪頭はタワシのようで、色褪せた小豆色のダンガリーシャツに膝の抜けたジーンズを穿いている。落語会の準備をしている図書館の会議室に入って来ると出し抜けに、そんな高座では上で動《いご》いたら危ないいんと違《ちゃ》いますかと声を掛けてきた。会議用のテーブルを三つか四つ並べてなるべく正方形に近くなるように高座を作り、脚を紐で結わえている笑月とQ月に向かって白いタワシのおっさんは、「ちょっと手っ伝《と》うてもらえますか。高座、積んで来たんで」と言った。

真月と二人で広げていた名ビラを部屋の床に残して五人が駐車場に向かう。軽トラックの荷台には蛇腹のように折りたたまれた金属製の脚と天板が積まれ、大きな段ボール箱が二つ、ゴム製の紐で固定されている。会議室に運び込むと白いタワシのおっさんは手際よく荷物を解き、高座を組み立て始めた。金属製の蛇腹の脚を開き天板を載せる。正座すると演者の膝が客の目の高さになる高座が出来上がった。完璧だと真月が呟く。これが理想的な高座だと分かっていても会議用のテーブルでは、なかなかこの高さにならない。段ボール箱の中から毛氈を取り出して高座を覆うと赤いガムテープで留め、その上にもう一枚毛氈をかけた。四隅を合わせると天板の大きさにピタリと納まり、高座は緋い立方体になった。ずれないようにガムテープを輪のように丸めて毛氈の裏を留めると、もう一つの段ボールから大きさの違う板状の部材を取り出し、蝶ネジを差し込んで組み立てていく。

「何すか？　あれ」

「見台と膝隠し。上方落語で使う道具や。講談で使うの見たことないか」

「公団に住んでる友達なんかいないっす」

「公団住宅ではありません。日本の伝統芸能の講談です。講談では釈台と言いますが、上方落語の見台と膝隠しはあのように小さな机と衝立《ついたて》に分かれています」

「落語の台本置いて読むんすか」

「そんな落語家がどこに居てるねん。落語の見台は張扇《はりおうぎ》と拍子木で叩いて音を出すために使うんや」

上方落語のルーツは辻噺であると言われている。寺や神社の境内、参道などで噺を聞かせたことが始まりだ。道行く人の足を止めるために台を叩いて大きな音を立てる。バナナの叩き売りのように。この名残が見台と膝隠しだ。

白いタワシのおっさんは見台と膝隠しを高座の上に載せると見台の左手に小拍子を置く。

「ちっちぇえ拍子木」

笑月の言葉に耳を貸さず白いタワシのおっさんはメクリを拵えると、名ビラはどれですかと訊いた。真月が床に置いたままになっていた名ビラを出番の順に並べて渡した。一通りのセッティングを終えて白いタワシのおっさんは満足げに高座を眺めていたが、急に眼を見開き頭を抱えて叫んだ。

「しもたー。座布団忘れたぁ」

「座布団は持って来ましたけど…。図書館の係の方ですか」

真月が恐る恐る尋ねると白いタワシのおっさんが言った。

「いや違います。お電話を差し上げたもんです。名田庄《なたんしょ》から参りました」

控室で開口一番のQ月が着替えをしている。真月が椅子を勧めると白いタワシのおっさんは、すんまへんと言って腰を掛けた。

「わい、落語が好きなもんで役場から補助金もろうて一年に二回、落語会を開いて町内の人に観てもろとるんです。それがリーマンショック以降、だんだん、だんだん補助金減らされて、今年は一回しかやれんかなぁ言うてたんですけどぉ…。知り合いから福井に落語月の会いう皆さんが居《お》ってやて聞いて、落語をやってもらえんかと思いまして。十二月に年忘れ落語会をしてほしいんです。交通費程度しかお支払い出来《でけ》んのですけど、その代わりと言うては何ですけどぉ、わいらのメンバーに猟師が居りますもんで終わったらボタン鍋食べて帰ってもらいますで」

「まじっすか。行きます。ボタン鍋食べに」

「いや。落語しに来て欲しいんですわ」

「ありがとうございます。もちろん落語をしに行かせていただきます。それにしても立派な高座ですね。ご自分の持ち物ですか」

「上方落語のプロの師匠に来てもらうんに恥ずかしないようにと思いまして。高座は専門のイベント業者から買いまして、見台やら膝隠しやらメクリやらは自分らで作りました。メンバーに大工が居りますもんで」

白いタワシのおっさんは若い頃、大阪に出稼ぎに行っていたという。職を転々としたが何をやっても上手く行かなかった。そんなある日、銭湯の脱衣場で一冊の芸能雑誌を手に取り、読むとはなしにページを捲った。

「そこに芸能人にファンレターを送ろうというコーナーがあって、芸能事務所の所在地に混じって笑福亭仁鶴師匠の自宅の住所が載ってやったんです。大らかな時代ですわ。わい、大阪行ってから落語が好きになったもんで…。そや。落語家にでもなろと思て、その住所を頼りに仁鶴師匠の家に弟子入りしに行ったんです」

「ほんとですか。それでどうなったんですか」

「チャイム鳴らしたら奥さんが出て来て、アホなことやめときて言われてやめました。あああああ」

白いタワシのおっさんが妙な声を上げて笑った。機嫌のいい猿みたいな顔だ。笑月が頬杖をつきながら大した興味もなさそうに、諦めが早いっすねと言った。白いタワシのおっさんは気にせずに話を続ける。

「親の具合が悪うなって名田庄に帰って来たんですけど、時々無性に落語が聞きとうなって落語会のお世話さしてもろとるんです」

「そうですか。仁鶴師匠に弟子入りをしようと思われたのですか。わたしも大好きな桂枝雀師匠に弟子入りしたいと本気で考えたことがあります。でも踏ん切りがつかないうちに枝雀師匠は亡くなってしまいました」

着替えを終えたQ月が会話に入ってきた。

「ですから一生懸命落語の稽古をしていると、目の前に枝雀師匠が現れて落語を教えてくださる時があります」

Q月が遠くを見る目で言った。この手の話を始めた時のQ月は本当に枝雀師匠が見えるのかたとえ話をしているのか分からない。心なしか真月の目が怯えているように見える。

一瞬の沈黙を破って白いタワシのおっさんが言った。

「ほんまですか。わいも会いたいなあ、枝雀師匠。今度あんたのとこで一緒に落語の稽古させてもらえませんか。枝雀師匠と一緒に」

「分かりました。いつでもお越しください」

…同じ症状かも知れない。

※

　十二月半ばの日曜日。朝早く福井市を出る時にはみぞれ交じりの雨が降っていたが、敦賀インターチェンジの手前、杉津パーキングエリアの脇を通過する頃には日が差し始めた。右手に海が見える。左手の山が鉢伏山。その下を北陸本線が走っている。

　笑月が口を開けて眠っている。助手席で寝るなと真月が文句を言う。

「あの辺りが言奈地蔵がある木ノ芽峠かなあ。ここからは見えへんけど」

　左の後部座席から窓の外を眺めながら言うとQ月が応えた。

「三十年ほど前まで地蔵守のおじいさんとおばあさんが住んでおられたそうです。おばあさんは亡くなりましたが、おじいさんは今でもご存命です」

　地蔵守

　そんな職業があるのかしらと思う。小さく口に出して「じぞうもり」と言ってみる。時代劇のような響きだ。

「みどり屋に勤める前に、近所の郵便局でアルバイトしていたことがあります。その時に聞いた話ですが、お二人は半ば自給自足の生活をしていたそうです。冬になると二人きりで一冬を過ごします。深い雪に閉じ込められて外には出られないし、里の人も近づけません。電気も電話もありません。年賀状は雪解けを待って、桜の散る頃に配達されたそうです」

名田庄にある文化交流センターが落語会の会場だった。真新しい施設で二百人以上を収容する立派なホールがある。ステージの上では白いタワシのおっさんと世話方のメンバーが高座を作っていた。よろしくお願いしますと挨拶すると白いタワシのおっさんが立ち上がって手を挙げた。

「楽屋に荷物置いてください。弁当がありますから食べててもろたら結構です」

開演は午後二時だ。みんな三十分前の開場までにネタを繰りたいからと早めに弁当を食べ始める。白いタワシのおっさんが自分にも落語をさせてくれと言うので前座を務めてもらうことになった。

あくびの稽古　　白いタワシ

蒟蒻問答　　　　　みどりのQ月

　　　仲入り

時うどん　　　瓢家萬月
親の顔　　　　立山笑月
蛙茶番　　　　葵亭真月

演者が五人になるとボリュームがありますねと真月が番組を見ながら言った。高座の準備が終わって白いタワシのおっさんが楽屋に入って来る。

「遠いとこありがとうございます。皆、楽しみにしとります」

「どういたしまして。こんな素晴らしい会場で落語が出来て幸せです」

真月が箸を置き、立ち上がって礼を言う。つられてQ月も立ち上がる。

「立派な高座も作っていただいて本当にありがたいです。いつもは会議机やビールケースにベニヤ板を置いたような高座で落語をしているので動きのある噺の時は不安だったのです」

「高座だけはしっかりしたもんを使わんとえらい目に遭います。わいも昔、みかん箱を積んだ上に毛氈敷いた高座の上で落語して、ちょっと動いた拍子に高座が崩れて一番前で見てたお婆《ば》んの上に落ちたことがありますねん」

「落語がオチるのはいいけど、落語家がオチたら洒落にならないっすね」

「その通りですわ」

笑月の洒落を真面目に受け流して白いタワシのおっさんは続けた。

「何使《つこ》うてもええけど、卓球台はやめといた方がよろしいで。あら、シャレにならん」

「何があったのですか」

Q月が尋ねると白いタワシのおっさんは話し始めた。

昔、小浜市の公民館に落語をしに行った時、卓球台を高座代わりに使うことになった。落語を始めてしばらくすると、ミチミチッと妙な音がする。何故か分からないが、次第に高座の高さが低くなっていくような気がした。なおも落語を続けると今度はバチッと音がして卓球台が蝶の羽のように閉じて行く。台の真ん中の蝶番《ちょうつがい》の留め金が古くなって緩んでいたらしい。何も知らない客は笑い転げている。「助けてぇ…」と言ったら、息を吐いた分だけ卓球台はさらに狭《せば》まる。狭まった分、胸が締め付けられて吐いた息が吸えなくなる。苦しくて顔が歪む。客は爆笑する。

「死ぬかと思たがな。けど今まで落語演ってきて、あれだけウケたことなかったわ。ああああ」

「そんなことで笑い取って嬉しいんすか」

呆れたように笑月が言うと、白いタワシのおっさんは猿回しの猿が親方に怒られた時のような顔になって俯き、黙り込んだ。

「落語月の会＋1《ぷらすわん》落語会」の会場は八分の入りだった。開口一番で白いタワシのおっさんが高座に上がった。『あくびの稽古』は習い事が好きな男が、友達に付き添ってもらってあくびを稽古しに行く噺だ。舞台のソデには月の会のメンバーが集まって白いタワシのおっさんの落語を聞いている。

「…ヘタですね」

思わず仲トリのQ月が言う。引っかかる。ネタを忘れる。同じところを繰り返す。いつまで経っても終わらない。それでも文句も言わずに聞いてくれる。いいお客さんだ。

　長い稽古やなぁ、ヘタな稽古は休むに似たり

　　稽古もええが、こう長いこと待たされたんでは

　　　退屈で…退屈で…ふぁー、堪らんわい

　　　　おお、お連れさんはご器用じゃ

十五分くらいのネタを三十分かけて喋り終わると白いタワシのおっさんはオチのあとで客席をグルリと見回して、以上ですと言って頭を下げた。一番前の席のおばちゃんが隣の席のおばちゃんに、今ので終わり？　と聞いた。白いタワシのおっさんは高座を下りると、ソデで聞いていた笑月に言った。

「今日のお客さんはええお客さんや。爆笑が取れる客やで」

スベりまくって下りてきた落語家の言葉とは思えない。

「笑いたいけど笑えないもどかしさが、わいには手に取るように分かるんや」

支離滅裂な言葉を吐いて一人で納得している。

「だったら爆笑を取ってくればいいじゃないっすか」

「それが出来たら苦労するかいや」

「何、開き直ってるんすか。ムチャクチャ演りづらい空気になってるじゃないすか」

白いタワシのおっさんは悲しそうな猿のような顔になった。


その後、Q月が『蒟蒻問答』で会場の雰囲気を変えていく。住職が死んで居なくなった禅寺でニセ和尚になった蒟蒻屋の親父が永平寺の雲水と禅問答をする噺。笑いたいけど笑えなかった客が笑いだす。いい空気に立て直して仲入りを迎えた。

仲入り明けに『時うどん』を演って高座を下りると、舞台のソデで次の出番の笑月が扇子で手のひらに字を書いて舐めている。

「何や、緊張してるんか」

と言いながら見ると様子がおかしい。「人」と言う字を書いているにしては字画が多い。

真月がピョンピョン跳ねながら言う。

「なんだかこいつおかしいんです。さっきから、米と言う字を書いて舐めているんです」

「昼飯食べた時間が早かったんで…。それに萬月さんの『時うどん』聞いてたら何だか小腹が空いたちゃったんすよ」

笑月の言葉を聞いて白いタワシのおっさんが呆れたように言った。

「アホやなあ、米食うてどないするねん。飯炊かんと」

「ああそうか」

笑月が手のひらに「飯」と書いてペロリと舐める。

「卵焼きか何か、おかず要らんか」

と言うと、今度は手のひらに「卵焼き」と書いてペロリと舐める。

「牛丼の方が良いのではありませんか」

とQ月が言う。手のひらに「牛丼」と書いてペロリ。

「ソースカツ丼は」

真月が被せると、「ソースカツ丼」と書いてペロリ。ダメ押しに、

「うな重はどうや」

「寿司もありまっせ」

「カツカレーはいかがですか」

と畳みかけられて、もう食えませんと泣きそうな顔で応える。音響係のスタッフに、早くしてください。出囃子終わっちゃいますよと言われて笑月は慌ててステージに飛び出した。

真月が笑いながら言う。

「誰ですか間違ったこと教えたのは」

「勝手に間違えて覚えたんや」

高座に上がってお辞儀をして頭を上げると、笑月はいきなり大きなゲップをした。

落語会が終わって、白いタワシのおっさんとQ月が二人でバラした高座を軽トラに運んでいる。高座の脚を積み込んで白いタワシ越しに西の空を見ると茜雲が見えた。

「きれいな夕焼けやなあ、明日も洗濯もんがよう乾くで…」

とQ月が言った。

「まめやなあ。毎日自分で洗濯してるんかいな」

使い込んで色の変わった日本手拭いで首筋の汗を拭きながら白いタワシのおっさんが言った。

「いや、これは枝雀師匠のネタです。『貧乏神』と言って、次に覚えようと思っています。小佐田定雄と言う落語作家の先生が書いた創作落語で…」

「月が出てるなあ。わいも月の会に入れてもらおかなあ」

話の途中で白いタワシのおっさんがQ月越しに東の空を眺めながら言った。

「夕月いうのどうやろ。夕方の月て、何やホッとするやろ。また、ぼんやり宙に浮いてるとこが風情があってええがな」

「いいんじゃないですか、お似合いです。そう思いませんか萬月さん」

真月が見台と膝隠しの入った段ボール箱を積み込みながら言った。笑月と二人で残った荷物を持ってくると、五人が軽トラの荷台を取り囲むように話の輪になった。

「屋号はどないする」

「名田庄亭でいいんじゃないっすか」

「そのまんまですね」

「ええがな。気に入ったわ、わい。名田庄亭夕月や。あああああ」

名田庄亭夕月がしわくちゃの猿みたいな顔で笑った。

「それにしても萬月さんの『時うどん』良かったわ。くいつきにピッタリのネタやし、客もよう笑《わろ》てたし。わいの『あくびの稽古』もあんなイメージやったんやけどなあ」

「でもほとんど笑いが起こりませんでしたねえ」

「きついなあ、Q月さん。ああああああ」

「くいつきって何すか」

「仲入り明けの演者のことです。休憩時間に一度冷めてしまったお客さんの頭をもう一度、落語モードに切り替える役割の人です。上方では、かぶりつきということもありますが…」

「あのうどんの啜り方、ちょっと出来《でけ》へんで。素人離れしてるわ。誰かプロの落語家に稽古つけてもろたんか」

夕月がしつこくうどんの啜り方を褒める。そこまで褒められると却って居心地が悪い。気が付くと真月が少し離れたところで下を向いて立っている。今まで話の輪の中に居た者が急に静かになると余計に目立つ。

「俺も上手いと思いましたよ。真月なんて何度稽古しても蕎麦が啜れないのがコンプレックスなんすから」

「言うなよ、それ。気にしてるんだから」

「えっ真月さん、蕎麦よう啜らんの。わいでも啜れるがな」

夕月がベルトに挿んだボロボロの中骨《なかぼね》の扇子を抜き出した。

「うどんと蕎麦は音が違うんや。こんなこと滅多にせえへんで」

うどんと蕎麦の啜り方を順に演ってみせるが両方同じに聞こえる。

「何やったらスパゲッティとマカロニときし麺の違いも演ってみよか」

真っ赤な夕陽を背にして落語月の会、会員番号5番は饒舌に喋り続けた。

# 第六章　モタレ

今にして思えば牧歌的な年の瀬だった。一月中旬に本格的に降り始めた雪は二月には記録的な大雪になった。風景は白一色になり、玄関先で雪掻きをしても今開けたはずの道が見る間に雪に覆われる。降り積もった雪で家の中から出ることも困難になり、会社は休業し学校も休校になりスーパーの棚からは食料品が消え国道では一五〇〇台の車が立ち往生した。社会の機能が停止するような大雪は三十七年ぶりだとラジオのニュースが報じていた。

当然のことながら二月に予定されていた落語会はすべてキャンセルになり、落語月の会は開店休業状態になった。落語会中止の電話連絡の時に真月が、雪掻きしながら落語の稽古って出来ないもんですねと言った。確かに雪掻きは落語の稽古に向かない。寒いし体力を使うので集中出来ない。第一、落語なんかに気を取られると危険な作業だ。落語の無い日常は一カ月以上に及んだ。

三月に入ると急速に雪解けが進んだ。背丈ほどもあった雪は見る見る嵩を減らし彼岸までは駐車場の隅に寄せられた雪の山も姿を消した。それでも落語会のキャンセルは三月下旬まで続いた。みんなこんなに急に雪が無くなるとは思っていなかったので、雪は消えても落語どころではないという思いは消えなかったのだろう。

Q月に教えられた木ノ芽峠の言奈地蔵の話を忘れたわけではなかった。一度、言奈地蔵を見に行こうと思いながら、それが叶ったのは六月に入ってからだった。何度か近くまで行ったが、雪が残っていたり倒木で道路が寸断されていたりして近づくことが出来なかった。駐車場に車を停め三百メートルほどの山道を登る。夕月がついて来た。

「物好きやなあ。ちょっとお地蔵さん見るだけやで。わざわざ名田庄から、ご苦労なこっちゃなあ」

「車の運転は苦にならん。どうしても創作の現場が見たかってん」

「ほんまに創作落語になるかどうか分からへんで」

ゴールデンウィークに落語会をした時に、木ノ芽峠の話をすると夕月は目の前にバナナを置かれた猿のように身を乗り出して興味を示した。どうやって創作落語を創るのか、見学させて欲しいと言う。どうやってと言われても初めてのことなので分からない。それでもいいから一緒に連れて行ってくれと言う。

息を切らして一息に登り切ると旧北陸道の峠道に出る。道の傍に地蔵堂があった。中を覗くと言奈地蔵は大きな自然石に彫られた筋彫りの磨崖仏で、愛嬌のある顔をしている。手を合わせてお詣りを済ませ、地蔵堂の横の手水鉢で湧き水を汲んで喉を潤した。夕月が、木ノ芽峠はこっちやて書いてあるでと知らせてくれた。勾配もなくなだらかな山道を峠に向かう。落語の稽古をしながら歩くのにちょうど良い道だ。近くでウグイスの、遠くでホトトギスの鳴く声が聞こえる。覚え始めた『紀州』を繰ることにした。

『紀州』は徳川家七代将軍家継《いえつぐ》の夭逝ののち、有力候補の尾州公ではなく紀州公が八代将軍となる顛末を描いた短い落語だ。落語はほとんどが対話形式で語られるが、『紀州』は地噺《じばなし》と呼ばれるほとんどが地の文という珍しい話だ。

この秋、落語月の会の主催で、中秋の名月落語会を開催することになった。真月が大ネタの『芝浜』を掛けたいと言うので、その前に軽めの噺を覚えることにした。大トリの前、所謂モタレという出番だ。聞きに来たお客さんに満足していただくために、大トリが気持ちよく落語が出来る雰囲気を整える役割だ。モタレの仕事は上手い落語をすることではない。むしろ落語をしなくても構わないという者もいる。バレ太鼓が鳴る時に会場全体が最高潮を迎えるために、モタレは大トリに落語会の最後の仕上げを託す。親方の最後の槌のための向こう槌を入れる鍛冶屋の弟子のように。

オチまで繰って顔を上げると茅葺きの一軒家が目に入った。夕月が中の様子を窺っている。留守らしい。庭に繋がれた白い犬がしきりに吠えている。石畳の古道が続く。短い落語を繰る間に時間を飛び越えて何百年も前に迷い込んだようだ。夕月が感心したように、「まだ住んではるみたいやなぁ」と言った。「このあたりは夜になるとずいぶん寂しいとこやろなあ。わいらこんなとこにはよう住まんわ」

夕月の声が昔話に登場する旅人の台詞のように響く。犬は吠え続けている。不意に強い風が吹いて辺りの木々がざわざわと鳴った。

「出来るかもしれへんなあ、創作落語」

口から出た言葉が時間の止まったような古民家の玄関先に浮かんでしばらくの間とどまっていた。やがてそれが周りの空気に溶け込むと、きっと出来ると確信に変わっていく。二〇〇五年の春に笑月の周りに一九九五年が押し寄せてきたように、自分の周りに新しい落語の種が集まってきている。やがてそれは芽吹き、成長し、葉を茂らせ、噺の森になる。

その中に続く一筋の道を二人の旅人が楽しげに話しながら歩いていく。

※

地区の自治会が月に一回開催する高齢者大学の七月講座で真月と二人会の依頼があった。夕月が軽トラに高座を積んで手伝いに来た。頼んだわけではなかったが、高座も仕舞いっ放しでは錆びついてしまうさかい時々出して使わんと。どうせ休みでヒマやさかいにと裏方を引き受けてくれた。

福井駅近くの商業ビルの地下にある喫茶店は昭和の匂いの漂うレトロな佇まいで、広い店内に客は一組だけだった。夕月の行きつけの店で、福井市に来た時には必ずここに立ち寄るのだという。落語会の後で喉が渇いていたので三人でアイスコーヒーを注文した。夕月はガムシロップとコーヒーフレッシュを二つずつアイスコーヒーに入れた。忙《せわ》しなくストローでかき混ぜて勢いよく吸い込むと激しく咽《む》せた。花粉症の猿のような顔になり右の鼻の穴から茶色いコーヒーが流れ出た。

少し遅れて笑月がやって来た。今日はコンパの梯子《はしご》で、ランチのコンパと呑みのコンパの間に顔を出したという。Q月は福井駅近くで別の落語の依頼を受け、終わったら合流することになっている。笑月が夕月の前に置いてある灰皿を指差して言った。

「これ何すか？　貯金箱みたいに穴が空いてますけど」

「星座の絵が描いてあるやろ。自分の星座の上の穴に百円入れてツマミを回すと占いの紙が出て来るんや。けどこんな懐かしいもんが良う残ってたなあ」

「へぇ面白そうっすね。今日のコンパが上手く行くかどうか占ってみようかな」

「やめときやめとき。それな、どの穴に入れても同《おんな》じ占いが出て来るねん」

「何でそんなこと知ってるんすか」

「昔、偶然持ってたドライバーで蓋開けて中見たことがあるねん」

「ドライバー、偶然持ってたんすか」

入り口のドアが開いてQ月が入って来た。足もとがふらついている。お待たせしましたと席に着いた顔を見て真月が驚いたように言った。

「どうしたんですか？　その顔。日焼けですか？　鼻の頭が真っ赤ですよ」

Q月はそれに答えずウエイトレスに、お水を。お水をくださいと言った。出された水をお代わりして四杯飲むと、Q月はやっと落ち着きを取り戻した。

「パンダが逃げたのです」

「はぁ?」

Q月は福井駅前のデパートの屋上のイベントで落語をしてほしいという依頼を受けた。謝礼も出ると言うので喜んで出かけた。午前十一時と午後二時の二回のイベントで、手品とジャグリングと落語がセットの一時間ずつのステージだという。控室で着物に着替えているとジャグラーのお兄ちゃんがえらいこっちゃと騒いでいる。どうしたのかと聞くとジャグラーは、パンダが逃げました! と言った。

「わたしはマジカル・パンダというマジシャンの後の出番だったのですが、最近パンダはスランプで自信を喪失していたそうで本番前に失踪してしまったのです」

パンダの友達のジャグラーは、心当たりを捜して来るので落語で繋いでいてくださいと言い残して会場を飛び出して行った。仕方なくQ月は落語を始めた。一席終わっても二人は帰って来なかった。ステージを下りようとするとアロハシャツを着たイベントの責任者が、もう一席演って欲しいとQ月を押し戻した。髪は角刈りでサングラスをかけ、口髭を生やしている。はい、わっかりました。と返事をして高座に戻り、続けて二席の落語をした。午後になっても二人は帰らなかった。

「梅雨晴れの炎天下で延べ二時間、落語をしてまいりました」

「それやったら謝礼は三人分もらえたんかいや」

「いえ、一人分です。イベンターのおじさんが、二人分浮いたと喜んでおられました」

「えらい目に遭《お》おたなあ。確かに劣悪な環境で落語をさせられること、あるわなあ。落語、頼んでくる側も理解が足りてへんことが多いさけぇなあ」

夕月がしみじみ言う。落語月の会が出来てからまだ三年にもならないが、皆それぞれに色々な場所での落語を経験している。高座の上で心が折れるようなエピソードも一つや二つ持っている。

「公民館で落語やってる時に選挙カーがやって来て、隣の空地で喋り出したことがあったなぁ」

「萬月さん、落語中断したんすか？」

「いや。意地になって続けてたら公民館の館長が窓を開けて、今、落語してるんですて怒鳴ったんや。そしたら何思《おも》たか候補者のおばはんが窓の外から首突っ込んでハンドスピーカーで、落語をお聞きの皆さま何卒よろしくお願い申し上げます言うて選挙演説始めよった」

「あたしもカラオケマイクで落語させられたことがありました。エコーがガンガンかかって、風呂の中で落語してるみたいでした」

「カラオケマイク。それ、俺もある」

　真月の話に笑月が被せる。

「落語が終わったら採点されちゃって、六十五点だった」

「それは嘘やろ。けど落語の最中に携帯の着信音が鳴ることなんか日常茶飯事や」

「真面目な場面でふざけた着メロが鳴ると最悪ですからね」

「わいもあったがな」

　今度は夕月が口を挿む。

「地元の小学校で『皿屋敷』演った時に、草木も眠る丑三つ時。どこで打ち鳴らすか遠寺の鐘が陰《いん》に籠もって物凄くぅ言うたら、ちょうどええタイミングで休み時間のチャイムがキンコーンカーンコーンいうて鳴ったんや」

「…何でいつもいつも無理やり話に入ってきたがるんですか」

「いや…。ほんまやがな」

「夕さん、『皿屋敷』持ってないんと違いますか」

「出来るんだったら来月の怪談落語会で演ってくださいよ」

「いやっ、来月のその日はそのぅ…。ほっ、法事があって…」

「ほんまか」

「目ぇ、泳いでますよ」

「…………（猿）」

笑月が時計を見て、そろそろ次のコンパに行くわと言って財布から小銭を出しテーブルに置いた。

「来週、改めて納涼・怪談落語会と中秋の名月落語会の打ち合わせをしますから」

と真月が言う。Q月が慌てて残りのアイスコーヒーをストローで吸う。夕月が思い出したように、あっと言った。

「今度、入会希望者を一人連れて来てよろしいか。舞鶴市に住んでる女の子ですわ」

「舞鶴…。えらい遠いとこやなあ」

「大丈夫。わいの車で一緒に来ますさけ」

「女の子っすか」

尻を浮かしかけていた笑月がもう一度椅子に座り直した。

「今からコンパやろ。早よ行け」

わかりましたよと言いながら笑月が出て行く。

「女流が一人いるといいですね。華があって」

真月が入会希望者の話に戻すと出口のドアに向かう笑月の後頭部がこちらに傾いた。後ろ髪を引かれているようだ。

※

梅雨が明けると猛烈に暑くなった。三十五度以上の日が続き、外出するのも億劫《おっくう》になる。半年前の大雪をどこかに取っておけば良かった。そう思いながらショッピングセンターの駐車場に車を停め、待ち合わせのフードコートに向かった。広い飲食スペースの奥のテーブルでQ月が水を飲んでいる。日焼けした顔は所々皮が剝けてボロボロだ。

「ああ、萬月さん。お疲れさまれす」

「真月と笑月は？」

「あちらのお店にホットロッグを買いに行きました。よろしければ萬月さんもいかがれすか」

様子がおかしい。呂律が回っていない。Qちゃん酔うてるんか？　と聞いてみると、はいと答える。

「夏に向けて『青菜』を覚えようと思ってインターネットで調べていたら柳かげの作り方というのが出てきたのれす。味醂《みりん》と焼酎で作るのれすが、これがなかなかいけましてね。

ヒッ。朝まで呑んれいたらこんなことになってしまったのれす」

『青菜』は夏の噺だ。植木屋が出入りの旦那の家でご馳走になる。井戸に冷やした柳かげという酒を呑むという件《くだり》がある。

「ネットで柳かげの作り方なんか分かるんか」

「はい。大抵のことは調べられます」

電車とバスを乗り継いでここまで来たら酔いが回って気持ち悪くなったので水を飲んでいるという。

「わたしは落語のためなら腐った豆腐でも食べます」

「ほんまか」

「嘘れす」


夏バテで食欲がわかないのでクリームソーダを買って戻ると、二人がテーブルでホットドッグを頰張っていた。真月の前に一カ月後の納涼・怪談落語会の番組が置かれている。

借家怪談　　瓢家萬月
貧乏神　　みどりのQ月

仲入り

親の顔　立山笑月

三年目　葵亭真月

※名田庄亭夕月、法事のため欠席

「『貧乏神』、覚えたんか」

「はい。枝雀師匠にお稽古をつけていただいたのれす」

「バーチャル枝雀師匠っすか。ウケるー」

「ウケてる場合かよ。お前ねぇ、ちょっと考えたらどう？」

「何が」

「何がじゃないよ。何で怪談落語会で『親の顔』なわけ？」

「だって怪談出来ないし」

笑月は怪談が出来ないのではなく『親の顔』しか出来ない。落語月の会の常連客の中には、今日の笑月の『親の顔』は出来が良いなどと論評したりするものもいる。

納涼・怪談落語会の打ち合わせが一通り終わった頃、夕月が入会希望の女流落語家を連れて来た。髪を三つ編みにした、まだ幼さの残る女の子だ。赤いワンピースを着て大きなリボンのついたサンダルを履いている。

「初めまして。舞鶴から来た、みたらし亭だんごです。四年生です。よろしくお願いします」

少しかすれた声で挨拶した女の子は目が細く、笑うと両方の頬にエクボができた。

「女の子って、小学生じゃないっすか」

「小学生やったらあかんのか。女の子やて聞いてヤラシイこと考えてたんと違うか」

だんごが細い目で笑月を睨みながら言った。笑月が、だんご鋭いーとウケている。

「先週、話してた子ぉですわ。月の会に入れてやっていただけませんか。だんごちゃん、代表の真月さんと萬月さん。こっちの二人が笑月さんとQ月さんや。ああああああ」

夕月がだんごにメンバーを紹介し、二人は空いた席に腰掛けた。

「何れ、みたらし亭らんごなのれすか」

「らんごやなくてだんごや。おっちゃんお酒飲んでるんか?」

「…はい」

「みたらし団子が好きやからみたらし亭だんごですわ。ああああああ」

「落語は出来るのれすか」

「当たり前やがな。落語もせんとみたらし亭だんごて名乗ってたらあほやないか」

「…それはそうれすね」

「この子ぉはスゴイんや。京都の北野天満宮で開かれてる全国子ども落語大会で去年、三位入賞を果たしたんやで。お母さんが名田庄の人で、わい良う知ってるさけぇ名田庄でも落語してもろたことがあるねん。あああああ」

「何がおかしいんすか」

「おかしいことはないけど、何となく朝からハイテンションやねん。あああああ」

「月の会に入会するにはちょっと問題があるのではないでしょうか」

これまで黙って聞いていた真月が真顔で口を開いた。確かに問題がある。舞鶴市に住んでいる小学生の女の子だ。一緒に活動するためには先に解決しておかなくてはならないことがいくつもある。

「月の会に入るには、名前に月の字が付かなくてはいけないんです。みたらし亭だんごでは入会できないんです」

「そこか」

思わず突っ込む。

「もっとほかにあるやろ、大事なことが。親は承諾してるのかとか舞鶴から福井まで落語しに来れるのかとか」

「それやったら大丈夫ですわ。福井で落語する時はわいが連れてきますさけ。親の方もまぁ賛成してくれてますから」

「ほんまか」

「…」

「目ぇ逸らすな」

「ほんまです。何やったらお母さんに電話してみましょか」

夕月はウエストポーチから携帯電話を取り出して電話をかけた。

「もしもし…。ああ、どうも。いつもお世話になっております」

「お世話になってますやありませんがな。娘をどこへ連れて行ったんですか」

「いや。今、一緒に福井へ来さしてもろてますねん。月の会に入ってもらおと思て」

「福井ぃ？　何をわけの分からんこと言うてるんです。娘は無事なんですか」

「もちろんです。話が済んだらすぐ連れて帰りますよって。ああああああ」

「何がおかしいんですか。夕方までに連れて帰らなんだら警察呼びますよ」

「はい分かりました。それでは失礼します。ああああああ」

夕月は笑いながら電話を切った。

「だんごちゃんのお母さんも大賛成です」

「嘘つくな。あほ！」

「電話、スピーカーフォンになってますよ」

「えっ…（猿）」

「ご両親には必ず承諾を取ってください。福井に連れて来る時にも許可をいただいてください。大人なんですからそのくらい分かるでしょう」

「ていうか、ほぼ犯罪じゃないすか」

笑月が言うと夕月は肩を落として俯いたまま消え入るような声を絞り出した。

「親御さんにはちゃんと謝っときますさけ」

「ごめんなさい。お母ちゃんにはわたしからも良う言うときます。もう二度とこんな真似はさせませんから」

だんごが夕月を庇った。夕月が目にいっぱい涙を溜めながら嬉しそうに笑った。

「それなら問題はあと一つです。どうしますか、名前。月の字が付かないと…」

「まだ言うてるんか。そないにこだわるんやったら、みたらし亭だんごやめて月見亭だんごにしたらどや」

だんごは見上げるようにしてこちらに視線を向け、しばらく黙っていた。やがてうんと肯《うなず》いて、正面に座っている真月に向かって言った。

「ええで、月見亭だんごで。月見だんごも好きやし」


月見亭だんご誕生。

※

九月二十三日日曜日の午後、ＪＲ鯖江駅前の小さなホールを借りて落語月の会主催・中秋の名月落語会が開催された。

「本当は明日が中秋の名月になりますが、固いことを言わずに楽しく落語をいたしましょう」

地元での落語会は初めてなのでＱ月は上機嫌だ。そしてもう一人、上機嫌な落語家が笑月だ。

「いやぁいい天気っすねぇ。えっ天気が良すぎて暑いって？　申し訳ありませんが今日はもっと熱くなりますよー。なんてね」

笑月に彼女が出来た。猛暑にも負けずに重ねたコンパが実を結び、落語が好きな女子と付き合い始めたという。高座の目の前にパイプ椅子を広げてその上にハンカチを置く。この席予約ぅとはしゃいでいる。真月に、まだ客入れの前だと言われてもお構いなしだ。

「彼女に稽古を見てもらってるんすけど、結構俺の落語イケてるらしくて。だもんで今度の落語会、新ネタおろそうと思うんす」

笑月がそう言い出したのは二週間前だ。驚いて真月が尋ねた。

「新ネタって何演るの」

「『野ざらし』」

「『野ざらし』ぃ。今からじゃ間に合わないだろ」

「愛があればどんな困難も乗り越えられるんだよ」

「愛で落語が覚えられるんかいや」

「彼女の好きなネタっすから。演るしかないっしょ」

「『野ざらし』が好きな女て、どんな趣味しとぉんねん」

「彼女の落語の趣味の話っすか。俺の女の趣味の話っすか」

「両方やがな」

夕月が呆れて言った。

『野ざらし』。上方落語では、『骨釣《こつ》り』の演目で知られる。釣りに行き、女の髑髏《しゃれこうべ》を釣り上げた男が供養してやると夜中に女の幽霊が訪ねて来る。覗き見した隣家の男が自分もあやかろうと骨を釣りに出かけるという噺。笑月のキャリアなら挑戦してもおかしくはないが、結構骨の折れるネタだ。笑月以外の全員が、本当に演るつもりなのかと顔を見合わせた。三年半、『親の顔』ばかり高座にかけてきた笑月の『野ざらし』なんて想像できない。

真月が笑月の方に向き直って言った。

「わかった。演ってみればいいよ。いつまでも『親の顔』だけってわけにもいかないだろうし」

会場では笑月がご陽気に歌いながら客席の椅子を並べている。

鐘がぼんと鳴りゃさ
上げ潮ぉみなみさ
カラスがぱっと出りゃ
こらさのさ

その様子を見ながらQ月がしきりに首を傾げる。

「『野ざらし』を演るなら何で先月の怪談落語会で演らないのでしょう。怪談の会で『親の顔』を演る神経も、たった二週間の稽古で『野ざらし』を演る神経も理解出来ません」

付き添いのお母ちゃんに着付けをしてもらって、だんごが楽屋から出てきた。青みの振袖が可愛らしい。髪に桔梗の花かんざしを挿している。真月は番組を眺めてご満悦だ。

動物園　月見亭だんご
孝行糖　名田庄亭夕月
青菜　みどりのQ月
仲入り
野ざらし　立山笑月
紀州　瓢家萬月
芝浜　葵亭真月

「惚れ惚れするねぇ。どうです、このネタの並び」

「真月さん、うれしそうやな」

「役者が揃いましたからねえ」

「役者が揃た？」

真月を見上げてだんごが尋ねる。横からQ月が口を挿む。

「落語会ではそれぞれの演者に役割があるのです。開口一番のだんごちゃんは落語会の会場全体を落語を聞く雰囲気にしなくてはなりません」

「落語を聞く雰囲気なぁ」

「前座の心得は『覚えた通りに元気よく、大きな声ではっきりと』です。前座が灯した落語の火を二ツ目が大きな炎に育て、仲トリはお客さんに落語って面白いと思わせる圧倒的な落語をしなくてはならないのです」

「Qちゃん、責任重大やな」

「プレッシャーをかけないでください。…仲入りを挿んでくいつきはお客さんを落語の世界に引き戻し、モタレは大トリに最後のバトンを渡します。出過ぎてはいけません。決して大きなネタを掛ける必要はありません。最後にいい噺を聞きたいとお客さんが大トリの落語に期待を抱くことが重要なのです。こうしてみんなで作った空気の中で、大トリはお客さんを気持ちよく帰らせる落語をする。落語は個人プレーのように思われがちですが、落語会は演者全員が作り上げる総合芸術なのです。分かりますか」

「Qちゃん」

「はい」

「あんた、講釈が長いねん」

だんごの一言に傍にいた笑月と夕月が深く肯いた。


会場の設営が終わり二番太鼓が流れ始めた。Q月と夕月が呼び込みを始める。真月が会場で客を誘導する。笑月は会場の入り口に立っていらっしゃいませと声を上げている。客の中に彼女の姿を見つけると手を取って一番前の予約席に案内する。

楽屋の様子を見に行くと開口一番のだんごが着物の懐から白い紙を取り出して真剣な顔で何かを書き付けている。夢中に字を書く横顔はあどけない少女だ。

――覚えた通りに元気よく、大きな声ではっきりと
じっと読み返すと、だんごは紙を小さく折り畳んで懐に入れた。

月見亭だんごの『動物園』。移動動物園で死んだトラの皮を被って檻に入るという仕事をする男の噺。小学生とは思えない上手さだ。話の運び。間の取り方。トラの皮を被った

男の仕草。どれを取っても大人顔負けの落語だ。こんな可愛らしい女の子がどんな落語をするのだろうと斜《はす》に構えていた大人たちが椅子に座り直し、身を乗り出し、腹を抱えて笑い出した。この上ない開口一番だ。

「なっ、言うた通りやろ。この子のあとは演りやすいんや」

そう言って夕月が高座に上がる。『孝行糖』。親孝行の主人公が褒賞金を元手に飴売りを始める噺。短いネタなのにいきなり詰まる。躓《つまず》く。噛む。間違える。上下が逆になる。

「あの人は折角だんごちゃんが灯してくれた落語の火を吹き消すつもりでしょうか」

Q月がソデで嘆いている。夕月はいつものように人の倍の時間をかけて高座を下りた。反省の色はない。

仲トリのQ月はネタおろしの『青菜』で会場の空気を温め直した。自分で調べて柳かげを作って呑むだけあって解釈が行き届いている。

落語会は何とか無事に前半を折り返した。

事件は仲入りのあとの笑月の高座で起きた。彼女に喜んでもらいますと意気揚々と高座に上がった笑月だったが落語が始まって十分ほどしたところで楽屋に若い女が飛び込んできた。笑月の彼女だ。

「笑月さんのバッグはどれですか」

何事があったのかと、みんなが一瞬凍りついた。

「ネタを忘れたんです。バッグの中に台本があるので取ってきて欲しいって高座の上から頼まれたんです」

真月が楽屋の隅の黒いバッグを指差してそれですと言うと、女はバッグの中から『野ざらし』の台本を引きぬいて楽屋を飛び出した。

「ネタ忘れて台本取りに行かせるか」

「高座、どうなっているんでしょうか」

恐る恐る全員でソデから会場を覗いてみると笑月が『野ざらし』の続きを喋っている。高座の正面の一番前の席で女が台本を広げて笑月の前に突き出している。落語会は朗読会に変わっていた。


これが落語かどうかはともかくとして笑月のくいつきはそれなりの役目を果たしたと言って良いのかも知れない。あとの演者の演りにくさを考えなければ…。こうなったら開き直るしかない。やるべきことは場の雰囲気を整えて大トリの真月を高座に上げることだ。荒れてはいるが会場は温《ぬく》もっている。少々落語が脱線して客に欲求不満を抱かせてもいい。

最後はまともな落語を聞きたい。良い落語を聞いて気持ちよく帰りたいという気持ちにさせること。

『紀州』という短い噺の中にいくつかの擽《くすぐ》りを挟むことにして高座に上がる。

わたくしの方はごく短いお噂にお付き合いいただきます

江戸時代のお噺でございますが

徳川家の七代将軍に家継さんという方が

おいでになりましたのをご存じでしょうか

客の気持ちがざわついている。無理に鎮めることは出来ない。客と呼吸を合わせて場の空気が落ち着くのを待つ。辛抱だ。

この家継さん、わずか四歳で将軍におなりになりました

ところがこの方、お七つで御他界になります

お七つで御他界でございます

子どもでも将軍ともなりますと使う言葉が違います

我々が死んでもこうはいきません
おい最近、萬月の顔見んなぁ
どこぞでごねとるのと違うか、てなもんです
ごねてるです。くたばる以下です
情けのぅなってまいります

客が耳を傾け始める。ひと笑い起きれば落語の空気に戻る。

このように将軍が幼くして亡くなりますと
徳川家はシステムがきちんとしておりまして
御三家から直るという決めがございます
御三家、お分かりになりますか
西郷輝彦、舟木一夫、橋幸夫
…中途半端に古いボケをかましてしまいました
申し訳ございません
反省しております

小さな笑いが起きた。これでいい。グッジョブや、萬月。心の中で小さくガッツポーズして噺を進める。一度離れたあとで戻ってきた客の心は余計に笑いに貪欲になる。客の吐いた笑いを吸い込み、撥りに載せて吐き出すと、さらに大きな笑いの波が起きる。笑いの振幅が大きくなっていくのが分かる。生の落語の醍醐味だ。

落語の中盤、次期将軍候補の尾州公が鍛冶屋の前を通りかかるとトンテンカーンの槌音が、天下取ーると聞こえる。

人間というもの、心に思い込んでいることがあると

この音が違って聞こえるということがあるそうでございます

先日、小松空港で仙台行きの飛行機に乗ろうとした

スキンヘッドの男性が、間違えて

お隣の羽田行きのカウンターにまいりましたところ

係の方に、お客様こちらは羽田便です

お客様、ハネダビンですと言われまして

思わず、誰がハゲチャビンやねん！

笑いで会場が揺れたような気がした。もうヘタな操りは必要ない。畳み掛けるようにオチに向かって走るだけだ。

将軍の座を逃した尾州公が上屋敷に向けて行列する途中、先ほどの鍛冶屋の前を通りかかる。相変わらず槌音がトンテンカーンと響く。

おかしいなぁ、余の耳にはあの音がどうしても

天下取ーる天下取ーると聞こえるが…

尾州公、駕籠の窓を開けてひょいと見る

折しも鍛冶屋の親方が

天下取ーる天下取ーる

てーんてーん天下取ーると打ち上げました

真っ赤になった鉄《かね》を水の中にズブリ

途端に、キシュー

高座を下りると、すれ違いざまに真月が、ありがとうございますと言った。大トリの真

月は客席の大きな拍手に迎えられて高座に上がり、モタレの萬月は客席からの大きな拍手に背中を押されて楽屋に戻った。

※

十月最初の週末に全日本アマチュア落語選手権が開催された。今年も真月は予選落ちだった。

「申し訳ありません。折角皆さんに応援に来ていただいたのに」

「謝ることはありません。今年はとても良かったですよ」

Q月の言う通り去年とは格段の出来だった。というより本来の真月の落語だったと思う。

「それにしてもレベルの高い大会やなあ。真月さんが予選落ちする落語大会てどんなんかと思《おも》てたけど。皆、大したもんや。あ…、しもた。ウズラの卵、ソースに漬けてしもた」

「何するんすか。タルタルソースが浮いてるじゃないっすか」

笑月につっこまれて夕月がビールで赤くなった顔をさらに赤くした。去年に引き続き、梅チカの串カツ屋で反省会だ。

「同《おん》じ『松山鏡』でも去年と今年では雲泥の差や。どんな心境の変化があったんや？」

「この一年は落語三昧でしたから。それにこの間の落語会の『芝浜』で何だか落語が変わったような気がします。上手く言えませんけど」

「一皮剝けたということかな」

　真月だけではない。自分自身も『紀州』で新しいステージに進んだような気がしていたし、失敗しても失敗した者なりに少しずつ成長している。落語月の会の落語は確実に変わってきている。

「わいも来年出場してみよかなあ、落語選手権」

「何やるんすか」

「落語や」

「そりゃ分かってますよ。何の落語を演るのかって聞いてるんすよ」

「『孝行糖』かなあ」

「孝行糖の口上を忘れるようでは話になりませんよ」

　一杯目のビールで赤い顔をしたQ月が言った。

「もう大丈夫やがな。ええか。孝行糖ぉ。孝行糖ぉ。孝行糖の本来は、昔々その昔、二十四孝のその内で…。えーっ…。えー…」

「老莱子《ろうらいし》という人が親を長生きさせよとて拵え初めの孝行糖。です」

「Q月さん、何で知ってるねん」

「枝雀師匠に教えていただきました」

「えっ、ほんまですか」

「嘘です。夕月さんのお稽古を横で聞いてて覚えました」

「なるほど」

夕月が深く肯く。思慮深い老猿のように。

「俺も出てみようかな。一年かけて『野ざらし』、仕上げて」

笑月が串カツに語りかけるように言った。

「萬月さんもどうです。勉強になりますよ」

何気なく言った真月の言葉が清々しくてハッとした。きっと納得のいく落語ができた喜びの表れなのだろう。自分の目指す落語を見つけたのかも知れない。真月の言葉は串カツのソースのように胸に沁みた。

「面白いかもしれへんな」

「萬月さんは創作落語ですか」

Q月の言葉が催促しているように聞こえる。

「そやな。創らなあかんな、ぼちぼち。…Qちゃんはどうするんや」

Q月はビールジョッキをテーブルに置き、手を膝の上に置いた。

「わたしは人と争うのは嫌いです」

# 第七章　大トリ

一年前とは正反対の暖冬だった。福井市は一度も大した積雪のないまま春を迎えた。福井地方気象台によると桜の開花が大幅に早まりそうだという。福井市立美術館の担当者は、あまり早く咲くと散ってしまわないかと心配している。

桜の名所でもある大きな公園の一角にその美術館はある。お花見落語会を企画し、落語月の会に出演依頼があった。会場は美術館の中にあるホールだ。初めての場所なので一緒に下見に来てほしいと真月から連絡があった。笑月とQ月も来ると言う。

四人で下見を済ませて簡単に打ち合わせをする。四月七日日曜日の午後、二時間の落語会。たっぷり時間があるのでフルメンバーで臨むことになった。

打ち合わせのあと、真月、笑月と喫茶コーナーに向かった。Q月は美術館の展示を見てから行くと言う。

「水墨画展をやっています。墨の濃淡だけで描く水墨画は一人ですべてを演じる落語の世界に通じます」

「どうぞゆっくりお楽しみください」

「皆さんは見に行かないのですか…」

Q月はチケットを買って一人で展示室に向かった。水墨画のような後ろ姿だった。

席に着いて飲み物を注文すると、笑月が真月に話し掛ける。

「昨日まで東京出張だったんだけど」

「へぇ…」

真月が、お花見爆笑落語会の番組を書きながら気のない返事をした。

「丸の内に行列が出来る立ち食い蕎麦屋ってのがあってさ」

「ふぅん」

「店の前に椅子並べてあってみんなそこに座って待ってんの」

「ほう」

「そんで順番が来たら中に入って立ち食い蕎麦食べるんだけど…、おかしくね?」

「何が」

「椅子に座って待ってんだよ。なのに蕎麦食べる時は立つんだよ。普通、立って並んで座って食べるもんじゃゃね?」

「そりゃあしゃあないよ」

「何で」

「だって蕎麦が高い所にあるんだもん」

「…そっか」

真月が番組表を書き上げてこちらに向けた。

「こんなもんでどうでしょう」

動物園　　　　月見亭だんご
貧乏神　　　　みどりのＱ月
井戸の茶わん　葵亭真月
　　　　仲入り
孝行糖　　　　名田庄亭夕月
野ざらし　　　立山笑月
はてなの茶わん　瓢家萬月

「『井戸の茶わん』を仕込んだんで仲トリで演らせていただきたいと思うんです」

「ええんと違うか、美術館の落語会やし。けどこれ萬月が大トリになってるけど…」

番組の最後に自分の名前があるのを見て正直驚いた。落語月の会の大トリはいつも真月だ。誰が決めたわけではないが、それは暗黙の了解だ。もちろん文句を言う者はいない。

「いいのではないでしょうか。いつまでも真月さんばかりが大トリを取っていては却って良くありません。萬月さんもそろそろ大トリを取ってもいい時期だと思います。」

後ろから声が聞こえたので振り向くと、いつの間にかQ月が立っていた。

「もう帰って来たんすか」

「どうでした、水墨画展」

「あまり楽しくありませんでした」

「一人で寂しかったんじゃないっすか」

Q月はそれに答えず空いている席に腰を下ろした。

「けど、仲トリが『井戸の茶わん』で大トリが『はてなの茶わん』というのがちょっと気になりますね」

「そうやな。ネタもツクし…。折角大トリを取らせてもらうんやったら何か新しいネタを覚えてみるわ。まだひと月以上あるさかいな」

「わたしも『貧乏神』ではなく、春らしいお噺を演らせていただきます」

「俺、『野ざらし』でいいよ。『親の顔』より春っぽいし」

「ネタ出しはまだ先で結構です。夕月さんとだんごちゃんにはあたしから連絡して聞いておきます」

遠く窓の外に見える山並みは白い雪に覆われている。空には厚い雲が広がっているが、公園の桜の木はぼんやりピンクがかって見える。蕾はまだ固そうだ。それでも春はすぐそこまで来ている。ひと月もすれば雪解け前の山々と穏やかな春の空を背に桜の花が満開になる。

※

控室のドアの脇に真月が番組表を貼り出した。

親の顔　　　　月見亭だんご
貧乏花見　　　みどりのQ月
井戸の茶わん　葵亭真月
　　　　仲入り

時うどん　　　　名田庄亭夕月
野ざらし　　　　立山笑月
愛宕山　　　　　瓢家萬月

「へぇ。だんごちゃん、『親の顔』演るんだ」

ちょっと上から目線で笑月が言った。窓の外には雪解け前の山々と穏やかな春の空を背に満開の桜が咲き誇っている。

応接室を借りて着物に着替えただんごがホールの脇にある資材室に入って来た。ここが今日の控室だ。春らしくピンクの振袖。髪に桜の花かんざしを挿している。笑月が見つけて手招きした。

「大丈夫？『親の顔』。分からないとこがあったら教えてやろうか」

「誰に言うてるねん。十年早いわ」

「だんごちゃんはな、『親の顔』で北野天満宮の全国子ども落語大会で三位になったんやで。ああああ」

夕月は今日もテンションが高いようだ。

だんごは五年生になった。明日が始業式だ。女の子の成長は早い。秋に会った時より大人びた顔つきになっている。お世辞の一つも言って欲しい年頃だろう。

「可愛《かい》らしいかんざしやな。良う似合《にお》てるで」

「ありがとう。…笑月もこれくらいのこと言えんと彼女に逃げられるで」

笑月は六月に結婚する。ついこの間、結納を済ませたという。婚約指輪を薬指に嵌めた左手で頭を掻いて、キビシぃーと笑う。

「そろそろ着替えた方が良いですよ。客入れの時間です」

羽織の紐を結びながらQ月が言った。笑月が目を細くして番組表を見ながら言った。

「Q月さん、『貧乏神』じゃないんすね」

「はい。春らしく『貧乏花見』にしてみました」

「貧乏神の花見の噺っすか」

「どんな花見ですか。『貧乏花見』というのは江戸では『長屋の花見』と言って貧乏長屋の住民がみんなで花見に出かけるお噺で…」

「似合ってますもんね、貧乏が」

「放《ほ》っといてチョーダイ！」

夕月は今日のために着物を一式、新調した。高いものではないが気合が入っているのが伝わってくる。新しい足袋は馴染むまでは小鉤《こはぜ》が留めにくいとぼやいている。

「『時うどん』演るんやなあ。冬の噺、桜の時期に演るとこが夕月らしいなあ」

「昔覚えたことがあったんや。おととしの暮れに名田庄で萬月さんが演るん見て、久しぶりに演ってみよかと思てな。思い出すんに苦労したわ。ああああ」

美術館のスタッフが、開演の五分前だと告げに来た。笑月が、はい分かりましたと返事をする。Q月はみんなに背を向けて部屋の隅で『貧乏花見』を復習《さら》っている。だんごは姿見に自分の姿を映し、かんざしを直す。鏡に目を遣るとだんごの後ろに映った真月と目が合った。

「『井戸の茶わん』、楽しみやなあ」

「好きなんですよ。悪い人の出て来ない、良い人ばかりの噺でしょ。だから」

『井戸の茶わん』の主人公は正直者のクズ屋だ。浪人者から買い取った仏像を若い侍に売ると中から五十両の小判が出てくる。筋の通らないことが嫌いな侍は金を返すと言い、浪人は一度売った物は受け取れないと言う。板挟みになって右往左往するクズ屋が堪らなく可笑しい。善人ばかりが登場する気持ちの良い落語だ。

「萬月さんの『愛宕山』も楽しみですね」

「いつか演ってみたいと思てた噺や。オチが秀逸やさかいな。どの噺より好きなオチやさかい…。ちゃんと最後までたどり着けたらええと思てるんや。今日の『愛宕山』はそれだけが目標や」

太鼓持ちの一八と繁八は旦那のお供で愛宕山にお参りに来る。途中の茶店で土器《かわらけ》投げをして遊ぶうちに旦那が小判を放ると言い出す。

芸者や舞妓の華やかな山行き。太鼓持ちと旦那の軽妙な会話、当意即妙なやり取り。小判を拾うために大きな傘を手に谷底へ飛び下りるという大胆な発想。長襦袢を裂いて綯《な》い上げた縄を竹に巻き付け十分にしならせた反動で戻って来るという奇想天外な展開。そして嘘と本当が交錯し、たった一言ですべてをはぐらかして笑いに変える最上質の結末。そこにたどり着くことさえ出来ればもう何も言うことは無い。この噺に憧れて落語を続けてきたのかも知れない。これまでに覚えたすべての噺の力を借りてそれぞれの場面を描いていかなければそこに到達することは出来ないだろう。

「あれー。おっかしいなー」

突然、笑月が間の抜けた声を上げる。よくあることなので特に誰も気に留めない。真月が半ば面倒くさそうに尋ねる。

「また足袋が両方、右足なのか？」

以前、笑月は両方右足の足袋を持って来た。仕方なく左足の指を四本、右足の足袋の親指のところに押し込んだ。落語が終わったら指が抜けなくなった。

「いや。足袋はちゃんと右と左、持って来た」

「それやったら今度はどないしたんや」

「着物が短いんす」

「着物が短い？」

見ると確かに着物が短い。帯を締めると裾が膝までしかない。

「何やそれ？　どうなってるねん。お前、三十過ぎて成長期でもないやろ」

「ちょっと帯解いてみろよ」

笑月がしきりに首を捻りながら帯を解く。

「お前それ、羽織じゃねえか」

「あっ、ほんとだ」

「羽織に帯締めてどないするねん」

「着物はどうしたんだよ」

「…忘れてきた」

怒る気にもなれない。仕様がないのでQ月の出番が終わったら着物を借りることにする。この期に及んで緑色の着物かぁと文句を言っているので、贅沢言うなとQ月が怒っている。

二番太鼓が鳴り始めた。気を取り直して行きましょうと真月が言ったその言葉の後ろで今度は夕月が声を裏返して叫んでいる。

「あれー。おかしいでこれ」

「今度は何やねん、一体」

「帯が短いねん」

「はあぁ?」

見ると確かに帯が短い。普通、腰に三度巻いてから貝の口に結ぶ帯が二度も巻けない長さしかない。

「おかしいなぁ。買《こ》ぉたとこやで、この帯。今日下ろしたとこやのに」

「どこで買ったんですか、そんな短い帯」

「インターネットや」

「そんなことどうでもええから、いっぺん解いてみぃその帯」

夕月がおかしいなぁと言いながら帯を解く。二番太鼓が終わり、だんごの出囃子が流れ始める。

「あっ」

「どないしてん」

「帯が二つ折りになってたがな」

夕月が猿のように顔を赤くして言った。

「…アホもここまでいったら愛おしいわ」

だんごがため息をつきながら高座に上がった。


控室のみんながだんごの『親の顔』の出来栄えに目を見張った。原作に手を入れ、父親を母親に替えているが全く違和感はない。ちょっと足りない男は落語では当たり前の登場人物だ。これを女に替えるのは難しい。だんごは間の抜けた母親の人物像を軽々と温かい笑いに変えて見せた。笑月が、おもしれぇと呟いて見入っている。今度、だんごちゃんに教えてもろたらええねんと夕月に言われて笑月はうんと肯いた。だんごの『親の顔』のオチを聞いた時、控室の出口でQ月が両手のこぶしを握り締めて、よしっと言った。高座を下りて来ただんごがQ月の顔を見上げて言った。

「覚えた通りに元気よく、大きな声ではっきりと。や」

だんごからバトンを受け取ったQ月の『貧乏花見』は二ツ目のお手本のような落語だった。登場人物の一言一言に会場が湧く。貧乏を笑いに変えようとする長屋の連中の魂がQ月に乗り移る。着物が無いので紙の着物を着て出かける者。満開の桜の下で酒の代わりにお茶を飲んで酔ったふりをする者。玉子焼きに見立てたタクアンを喉に詰める者…。

「ほんまに貧乏が自然やなぁ」

と夕月が言った。眼には尊敬の念を湛《たた》えているがとても褒めているとは思えない言葉だ。

Q月はだんごが灯した落語の火を大きく育てて真月にバトンを託した。

『井戸の茶わん』は圧倒的だった。派手な演出はしない。覚えた型の通りに噺を進める。余計なことをしなくても積み重ねた稽古が落語の力を引き出していく。真月が語る良い心根の人々の言葉に客は聞き入る。オチのあと客席からうぅんと唸る声が聞こえる。一呼吸置いて、会場は大きな拍手に包まれた。

三席だけでも十分に満喫できる落語会だ。

仲入りが明けても落語月の会の快進撃は止《とど》まるところを知らなかった。

くいつきは夕月の『時うどん』。これまでの夕月とは思えない。詰まらない。躓かない。噛まない。間違えない。上下が逆にならない。客の反応が頗《すこぶ》る良い。よく聞く。よく笑う。悪ウケしない。しかも笑いが温かい。調子に乗って夕月の落語も益々良くなる。良い落語会が客を育て、良い客が演者を育てていく。
控室の隅で笑月が手のひらに扇子で「人」と書いてペロリと舐めた。

Q月の着物を借りた笑月が高座の上でお辞儀をする。客席の最前列では笑月の彼女が、ソデではモスグリーンの半襟が付いたペパーミントグリーンの長襦袢姿のQ月が見守っている。その後ろから怪訝そうな顔でだんごが訊く。
「そんな襦袢、どこで売ってるねん」
「自分で作りました」

モタレの笑月はマクラを振らずにいきなり落語を始めた。扇子で高座をコンコンコンコンと叩いて音を立てる。

おーい開けてくれ開けてくれぃ

八五郎の威勢の良い声が響く。夕月が作った上方落語の醸す濃密な笑いの空気をからりとした江戸落語の色に塗り替える。骨を釣りにやって来た男がサイサイ節を軽快に歌い、釣り人との会話を弾ませる。程よい熱気を残したまま会場全体の雰囲気が透明な水のように澄み渡っていく。自分の鼻に釣り針を引っかけた八五郎が、こんな物が付いてるからいけないいんだと釣り針を川に放り込む。笑月はこのあとのオチへと続く部分を切り捨てて、『野ざらし』でございましたと爽やかにサゲて高座を下りた。もう少しこの話を聞いていたいという客の気持ちは大トリの登場への期待感に変わった。

最前列で立ち上がって拍手を送っている彼女の方を振り返り、ウインクしながら笑月が戻って来た。後ろを向いたままで控室に入ろうとして入り口のドアの角に後頭部をしたたかにぶつけた。頭を押さえ目に涙を溜めながら笑月が、萬月さんよろしくお願いしますと言った。わかった任せぇと応えて高座に向かう。背中で夕月の声が聞こえる。

「笑月さん、血ぃ出てるで」

浪花小唄が流れている。萬月の出囃子だ。みんなが最高のバトンを繋いでくれた。あとは客を気持ちよく家に帰すことが大トリの仕事だ。気負いはない。程よい緊張の中で大きく息を吸いこみ、ゆっくりと吐きながら頭を下げる。顔を上げると満員の客席が、藁灰《わらばい》に水を打ったようにしんと静まり返っていた。波一つない湖に小石を一つ放り込む。

「先ほどの笑月の落語、『野ざらし』の続きは太鼓持ちが出て来て八五郎の家にやってまいります。オチまでお演りになる方もいらっしゃいますが笑月のように切れ場でサゲることが多いお噺でございます。さてこの太鼓持ち、男芸者、幇間《ほうかん》とも申しますが、難しい商売やそうで、男で男の気を浮かそうか言うんやさかい大変なお仕事でございます」

言葉の波紋が客席の隅まで行き渡り、一番後ろの席で跳ね返ると今度はゆっくりと高座の方へと押し寄せる。

大阪ミナミの一八に繁八という二人の太鼓持ち
ミナミのお茶屋をしくじりまして
ツテを頼って京都祇園町で働いております
今日しも室町へんの旦那が
ひとつ野掛けをしょうやないかということで
鴨川を渡りますと西へ西へ…

　二条のお城も尻目に殺して野辺へと出てまいります

波の動きが大きくなる。ぐにゃりと空間が歪むと現実の世界は霧消し噺の世界が広がり始める。モノトーンのスケッチに淡い光が射すように言葉が風景に色を付けていく。

野辺へ出てまいりますと何《なん》し春先のことで

　空には雲雀が囀っていようか野には陽炎が燃えていようか

　遠山に霞が棚引いてレンゲタンポポの花盛り

　麦が青々と伸びまして

　その間を菜種の花が彩っていようかという本陽気

　やかましゅう言うてやってまいります

　その道中の陽気なこと

　控室のドアからみんなが顔をのぞかせている。走り終えて最終ランナーの結果を見守るリレー走者たちのように。胸の前で手を合わせて聞いているだんごの後ろから笑月が顔を出す。Q月は小さな声でよしっよしっと言いながら拳を握る。夕月が、ハネたらええ酒が飲めるでぇと嬉しそうに呟く。Q月と夕月の間から真月が首を突き出して客席に目を遣った。

「今日は気持ちよく帰れそうですね」

※

山の緑は濃さを極め夏の日は盛りを過ぎても衰えることは無かった。降るような蟬の声に包まれながら峠道を歩く。

「アブラゼミの声聞いてると天ぷらになった気分になるなぁ」

よれよれの日本手拭いで汗を拭きながら夕月が言った。

「うちの本家が火事になったことがあってなぁ。旧名田庄村役場の前の道を左に行ったとこで料理屋やってるんやけどぉ。予約のお客さんの天ぷら揚げよ思て油を火ぃにかけたとこで座布団、出さんならんことに気ぃが付いてな。まだ油も温《ぬく》もってへんさかい押し入れから座布団を出してたら箸が足りんことに気が付いてぇ。ほんで小浜へ箸を買いに行ったら火事になってしもてなぁ」

「名田庄から小浜まで車で三十分くらいかかるがな」

「ついうっかり」

改めて落語みたいな家系なのだと思う。取り留めもない話をしていると道が捗《はかど》る。旅の噺の中の喜六と清八のように。やがて峠の一軒家の前に着いた。庭に繋がれた白い犬が吠えだした。

創作落語の完成はすぐ目の前にあった。南越前町の図書館で旧今庄町の町史を調べ、郷土の民話のコーナーで今庄に伝わる話を探して読み漁り、今庄郵便局の元局長に話を聞いた。その度に夕月は名田庄から足を運んだ。物語の糸は紡がれ、結い合わされ、織り上げられていった。

八月の終わりの太陽は西に傾いているが強い日差しが肌を刺す。木陰になった石段に腰掛け、ペットボトルに汲んだ言奈地蔵の脇の湧き水を口に含んだ。

喜六、清八と申します
　大阪のウマの合いました二人の若いもん
　　時候も良うなったんで
　　　ひとつ越前の吉崎御坊へお詣りをしよやないかと
　　　　福井に向かう北陸街道の山道で

一軒の茶店に立ち寄ります
親父《おや》っさん、次の宿場までは
まだ大分あるんかいな
ここは木の芽峠
今庄の宿までは下りの三里一本道じゃ
お前《ま》はんらの足ならば
日の暮れまでには着けますじゃろ

山肌を吹き上がる風に乗ってトンビが輪を描いて飛んでいる。能管の音のような鳴き声が響く。羊のような形の雲の群れがゆっくりと流れて行く。大阪から来た旅人は落莫とした峠に佇み、この景色の中で何を感じたのだろう。

このあたりは木が鬱蒼として昼間でも薄暗いがな
日が暮れたらよっぽど寂しいとこやろなあ
言うては悪いがわしら大阪もん
こんなとこにはよう住まんわ

大阪のお方からすりゃあ
　寂しい山の中に見えるかも知れませんがなぁ
　わしらは昔から峠のお地蔵さんの
　お世話をさせてもろうておりますで
　寂しいと思たことは一度もない
　えぇ峠のお地蔵さんっちゅうと?
　あそこに見えるトチの木の根方のあの祠
　あれがこの木の芽峠をお守りくださる
　言奈地蔵さんじゃ

遠くに見える山々の稜線が西日を受けて輝いている。山陰《やまかげ》の木々はその色を深く沈め一日の終い支度を始めている。終わり行く夏を惜しみ、暮れ行く一日を繋ぎ止めるように蝉たちは声を振り絞る。砂時計の中の最後の一握りの砂が奈落の口に吸い込まれて行くのを眺めるような焦燥。町で生まれて山の生活を知らない者には分からない逢魔時《おうまがとき》の言い知れぬ不気味さ。生と死の狭間が目の前に横たわる。

…息絶えたお侍の懐に手を突っ込むというと
見込んだ通り財布の中には五十両。悪う思うな
亡骸をドーンと谷底へ蹴落とした
ふと見ると傍らに石のお地蔵さん
さすがに何ぞ思うところがあったのじゃろう
この男、お地蔵さんに向こうて
やい地蔵、今見たこと誰にも言うな
もし誰かに言うたらお前もこうして
谷底へ蹴落とすぞと悪態をついた
すると石の地蔵がカッと目を見開いて
わしは言わんが、お前も言うなと
こう言うたのじゃ

足元から鮮やかな緑色のショウリョウバッタが翅を広げて飛び立った。人が歩く幅の細い道の向こうにある草むらに下りると、その色に紛れて分からなくなった。

落語の中に潜む小さな暗示。ささやかな示唆。すべてが噺にオチをつけるための重要な

要素になる。飛び立つまで気付かない草むらの中のバッタのように。

親父っさん、ボチボチ出かけるわ
おおきにありがとうさんで、気いつけて行きなはれ
ご馳走さん、さぁ出ておいで
清やん、面白《おもろ》い話があるもんやなあ
あぁ旅をしてるとその土地土地の
面白い話が聞けるのも楽しみやな
ほんになぁ…おっこれが最前《さいぜん》言うてた
言奈地蔵と違うんかい

因果を含んだ馬鹿馬鹿しい話にオチをつけること。それが落語なら民話も説教も源流は同じだ。不安を消し去り聞く者の心を浄化する。そのために人は落語を聞いて笑う。人は噺の中の登場人物に重ね合わせて自らの業を肯定する。心の中の緊張を解きほぐす。

お地蔵さん、道中安全どうぞよろしゅうお願いいたします

おやっ清やん、美味そうなボタモチがお供えしてあるで
　ちょうど二ぁつあるやないかいな
　　どやこれ、失敬してご馳走になろか

草いきれの中をからりと乾いた風が流れる。汗ばんだ肌の火照りを冷まし夜の気配を運んでくる。風がやむと幽かな寂寥感が辺りを包む。

この様子を草むらからじっと見ておりましたのが
この峠に住んでおります地蔵守の権平狸《ごんぺいだぬき》と異名をとる古狸
　憎々しげに両名の後ろ姿をギッと睨みつけると
　　何をさらすか、あの旅の者ども
　　　わしらが守るお地蔵さんの
　　　　お供えのボタモチを盗み食らいて
　　　　　だまって立ち去ってしまおうとは
　　　　　　許しはせぬぞ覚悟せよ
　　　　　　　ゴロゴロッと藪の中へ姿を消してしまいます

目に見えない観客の視線を感じる。噺をする自分の周りを取り囲み、聞き耳を立てる。固唾をのむ。お出《い》でたなと心の中で呟く。見物どもは旅人の災難を予感して身を乗り出す。暮れかかる山道に身を置き、狸に化かされる二人の狼狽を見てほくそ笑む。自分の意地悪さを悟られないように密やかに密やかに。

ばばどんや、さっきの旅の二人連れ
　何や知らんがトチの木の周りを
　　グルグルグルグルグル廻っておるぞ
　　　あれまぁ、大方、権平さんに
　　　　化かされとるんと違うんかいな
　　　　　そうかも知れんなぁ
　　　　　　気ぃ付けたらんならん
　　　　　　　おい旅の衆、旅の衆
　　　　　　　　…あぁ、化けもん
　　　　　　　　　誰が化けもんじゃ

お前さんらお地蔵さんに
何ぞテンゴをせなんだか

いよいよ聞き入ると見物の気持ちが弾けそうになる。どうしてくれようと張り詰める。笑わせようとしなくても良い。十分に温まっている。笑いたがっている。この噺には落語の力が宿っている。

お地蔵さん、えらい済まなんだ
お供えのボタモチを食べてしもうたりして
もう二度といたしませんので…
おかげでえらい目ぇに遭わされましたがな
思い出しただけで恥ずかしゅうて
顔から火の出るような思いでおます
どうかこの事だけは
誰にも言わんといておくんなはれや
と申しますと石の地蔵がカッと目を見開いて…

わしは言わんが、お前も言うなよ

「何ちゅう噺？」

「『木の芽峠』や」

「ええ噺やなあ。笑うとこは少ないけど磨いたらきっともっと面白《おもろ》い噺になるで」

「悪かったな、笑うとこが少なくて」

顔を上げて空を眺めながら夕月が言う。

「みんなが覚えて演るようになったらええなあ、この噺」

「そんな大層な落語やないがな」

夕月は立ち上がって両手でパタパタと尻を払う。

「萬月さん、何で落語には著作権が無いか分かりますか」

著作権

夕月の言った言葉がここから最も遠く離れた外国の言葉のように聞こえる。口の中で「著作権」と呟いてみる。「著作権」は喉の奥にへばり付いて離れなくなった。

「落語はみんなのもんや。人の口から口へ伝えられてきたもんや。仕事で演ろうが道楽で演ろうが誰からも文句言われるもんやない。創作落語の著作権を主張する落語家はおりませんやろ。誰が金払《はろ》て教えてくれて言いますねん。そんなことしたらその話は古典にならへん。次の世代に伝わらへん。伝わらん噺は落語とは言えん」

「なるほどな」

「面白《おもろ》い擽り思い付いたら誰が使《つこ》うても文句は言わん。そうしたら落語が余計に面白なって次に伝わっていく」

「創作落語が古典になる」

「みんな分かってるんや。落語なんか無くなっても誰も困らへん。せやから、みんなわがまま言わんと一生懸命覚えて大切に守ってるんと違いますやろか」

「そうかも知らんなぁ」

頭の上にはまだ明るさが残っているが東の空の底は次第に色を失い、空気はしっとりと湿り気を帯び始めている。

「けど…」

立ち上がってポンポンと尻を叩《はた》いて振り返ると西の空に一番星がまたたき始める。

「落語が無くなったら困るな」

「…わいもや。あああああ」

宵闇が迫っている。いつの間にか油蟬の声がつくつく法師や蜩《ひぐらし》の声に代わり秋の虫も鳴き始めていた。

# 終　章　バレ太鼓

二〇一九年十月。全日本アマチュア落語選手権で真月は初めて予選通過を果たした。予選会場のステージで決勝に残る十名の最後に名前が呼ばれると、真月は、「はひぃ」と病弱な子羊の悲鳴のように返事をして気の抜けたヘリウム風船のように客席の出場者たちの間をすりぬけて壇上に上がり、司会者におめでとうございますと言われて号泣した。

笑月は途中でネタを忘れ、最初から演り直して時間切れになった。

「おかしいなぁ。調子よかったんすけどねぇ今日。何で落ちたんだろ」

「ネタ、忘れへんかったら行けてたかも知れへんなあ」

「惜しいところで時間切れでしたね」

夕月とQ月が残念そうに言う。

「そこかぁ。ネタ忘れずに時間内にさえ納まってたら決勝イケてたのかぁ」

はいはいと夕月が軽くあしらってこちらに話を向けた。

「それにしても萬月さんの『木の芽峠』は凄かったなあ。わい、あんな落語初めて聞いたわ」

　創作落語で挑んだ初めてのコンクールは笑月と同じく予選で敗退した。制限時間は十分以内。『木の芽峠』は早口で喋っても十二分かかるネタだった。練り直して不要なところを削りマクラを振らずに演ってもギリギリ入るか入らないかという状態で当日を迎えた。本番の直前に時計を見て時間を確かめ、高座でお辞儀をすると一気に喋り始めた。息継ぎする間を少しずつ詰めれば大丈夫だ。時間内に納めることだけを考えようと無我夢中だった。オチのあと頭を下げて高座を下り、時計を見て愕然とした。八分しか経っていない。稽古でもこんな時間で喋ったことは無い。

「落語のＬＰレコードを45回転で聞いてるみたいやったで。あんなこと萬月さんにしかでけへんわ。ああああああ」

「テープ審査で落ちたくせに笑うな」

　照れ隠しに怒って見せると夕月は、すんませんと猿のようにしょんぼり下を向く。明日は四人で真月さんを応援しましょうねと嬉しそうにＱ月が言い、いつもの串カツ屋で前祝いをしましょうと笑月が笑った。真月はまだステージの上で泣いている。

　明日の決勝戦に出場する真月を楽屋口で待つ。会場の中から追い出しのバレ太鼓が聞こえてくる。

出てけ出てけ出てけ出てけ

てんでんバラバラてんでんバラバラ

カラっカラっカラっ…　ギーっ

楽屋口が開いて中から人が出てきた。小柄で太った人影だ。真月ではない。Q月が小さな声で言った。

「審査員の卯喬師匠です」

出口で外の様子を窺っている。足音を忍ばせて通りへ出ようとしたその時、夕月が、卯喬さん！　と叫んで駆け寄った。止める間もなかった。

「ああっ…。ごめんなさい。ごめんなさい」

卯喬さんは泣きそうな叫び声を上げた。

「仕方がなかったんです。皆さんお上手でした。悪気があって落としたんじゃないんです。許してください」

予選落ちした出場者が仕返しに来たと思っているらしい。

「違います。卯喬さん、これ」

夕月がボロボロの扇子と色の変わった日本手拭いを卯喬さんに差し出した。

「分かりませんか」

夕月は扇子を持ち替え、ズルズルズル…。うどんを啜って見せる。

「えっ…。ちょっとそれ…」

卯喬さんが夕月の扇子を手に取って広げてみると、『卯喬』という名が入っている。

「あっ…。あんた、ホストの兄ちゃん！」

「卯喬さん！」

黄昏の楽屋口で二人はしっかりと抱き合った。

※

落語が無いと困ると思う。

真月に誘われて落語を始めた頃、誰かを笑わせることが楽しかった。落語は誰かを幸せに出来ると思っていた。笑わせることで誰かを救うことが出来るのではないかとも感じていた。

誰もが自分では照らせない心の闇を抱えている。落語にはその闇に光を当てる力がある。だから大勢の人が落語月の会の落語を聞きに来る。落語が無いと困ると思っている。

そして今、救われていたのは自分自身だと気付く。自分では照らせない心の闇を抱えているのは我々も同じだ。落語が無いと困ると思っている誰かの笑いが自分自身の心の闇にも光を当てているのだ。俺たちは月だ。

※

その後も落語月の会の会員たちは機嫌よく落語を続けている。

名田庄亭夕月は宿場町落語会を企画し、萬月に落語の創作を依頼する。『木の芽峠』に加えて、一年かけて創った『鯖街道《さばかいどう》』と『三国湊《みくにみなと》』は地元の新聞に紹介され、高い評価を受けた。

「名田庄亭夕月さんは地元の落語家に依頼して福井を舞台にした落語を制作し県内各地で上演した」という新聞記事が気に食わない。

「どう見ても夕月が主役の記事やないか。誰が創ったと思てるねん」

「わい、知らんがな。記者が勝手に書いたんや」

夕月が唇を尖らせて言い訳するのは後ろめたいことがある時に決まっている。黙ってじっと見ていると、俯いて、すんまへんと言った。

数カ月後、夕月から電話がかかってきた。福井市文化振興事業団の補助事業に採択されたという。

「落語月の会の北海道公演や」

いきなり言われても何のことか分からない。

「落ち着いてゆっくり喋り。それでなくても何言うてるか分からへんねやさかい」

「三国湊に絡めて、『落語de北前船』いう企画書書いて申請してん。福井の文化を県外に発信する事業て書いてあったさかい、ハッタリかまして有ること無いこと並べ立てたったんや。参考資料いうて、新聞記事貼り付けたんが効いたみたいやな。ああああ」

三十万円の補助金をもらって岩内町と留萌市で落語をする。それが北海道のどの辺りか誰も知らなかった。

飛行機と列車を乗り継いで一週間の北海道公演の四日目の朝食の時に夕月が言った。

「困ったことがあってな」

ロクなことではないだろう。真月が、どうしたんですかと恐る恐る尋ねる。

「補助金の三十万円やけど…、ここまでで終わりやねん」

笑月が、ぶひゃーっと味噌汁を噴き出す。Q月が聞かなかった振りをする。だんごがため息を吐きながら言う。

「計画性が無さ過ぎるねん。いつもいつも！」

「…………（猿）」


みどりのQ月はスーパーみどり屋の店長代理になった。

「思いも掛けない昇進です。前の店長が急に退職されたのでわたしが抜擢されたのです」

前の店長の急な退職には何か事情がありそうだが誰も詮索しない。

「もう一つご報告が有ります。わたし、お見合いをいたしました。これまでお話ししていませんでしたが、わたしは独身です」

Q月が独身であることはみんな気付いていた。何故独身なのか。結婚したことはあるのかないのか。それどころかQ月が何歳なのか誰も知らない。が、誰も詮索しない。

「お相手は初婚の方ではありませんがお綺麗な方です。ただ今、順調に愛を育ませていただいております」

もちろん、×一《ばついち》の別嬪についても誰も詮索しない。

立山笑月の嫁さんが落語を始めた。落語を演ってみたいと言われて、笑月は大喜びで『親の顔』を教えた。休みの日には夫婦で落語会を開いたりしている。唯一の悩みは笑月が『親の顔』を演れなくなったことだ。

「違うネタ覚えてもらえばよかったっすね。俺、『野ざらし』しか演れなくなって、『野ざらしの笑月』って呼ばれてるんすよ」

二人には子どもが出来た。予定日はクリスマスだと言う。

「変なウイルスが流行ったでしょう。それで自宅待機になったんすよ、今年の二月。ずっと二人でイチャついてたもんで…」

頭を掻きながら笑う。もうすぐ笑月も『親の顔』になるのかなと思う。

月見亭だんごは六年生になった。京都の北野天満宮で開かれている全国子ども落語大会で準優勝したという。来年は優勝すると毎日、落語の稽古に励んでいる。

夏休みの初めのある日、だんごが入会希望者を連れて来た。随分年上の女性だ。

「小学校の校長先生です。わたしが落語してるのを見て自分も演ってみたくなったて言うから連れてきました。入会させてあげてもらえませんか」

真月が名前に月の字が付かないと…、というつものこだわりを口にする。夕月がいつものように口を挿む。

「『月見亭だんご』が連れて来たから『月見亭うどん』でどうや」

「あんたは黙っとき！」

「…………（猿）」

高座名は保留。仲間がまた一人増えた。

葵亭真月は全日本アマチュア落語選手権のファイナリストとなった今も公民館や敬老会での落語会を続けている。十二月、市民病院で「クリスマス・落語の集い」という催しがあります。一緒に来てくれませんかと連絡があった。

当日、市民病院の自動ドアを通ってロビーに入ると先に着いた真月が高座に緋毛氈を張っていた。高座にしては妙に細長い形をしている。こちらに気付いて、おはようございまぁすと言うが手は止めない。毛氈が留めにくくて苦労しているようだ。

「不思議な形の高座やなあ」

「ストレッチャーですよ。救急車で着いた患者さんを運ぶやつ」

「落ちへんか」

「いいんじゃないですか、落語ですから。それに…」

やっと毛氈を張り終えて顔を上げる。

「落ちてもすぐに運んでもらえますよ」

唇の右端を上げて真月が笑った。

# あとがき

二〇二一年七月二十二日午前九時十分過ぎにスマートフォンの着信音が鳴った。日付を覚えているのは、その日の午後に行われる東京オリンピックのソフトボールのテレビ中継のことを考えていたからだ。通知画面を見ると見覚えのない番号が表示されている。電話に出ると、

「たてかわしのすけです」

と、低くかすれた男の声がした。『立川志の輔』と頭の中で漢字変換してから慌てて、お早うございますと返事をした。

福井市で開かれた立川志の輔独演会の楽屋挨拶に伺い、その時に「『親の顔』をお創りになったのはいつ頃ですか」という質問の手紙をお渡しした。志の輔師匠は自分の言葉を嚙みしめるように、「『親の顔』は一九九八年、初演と書いてありますなぁ…」と、言った。長男が五歳か六歳の時に、どういう子に育てたらいいものかと考えているうちに、「子供が本気で素直に考えたことが、大人も『そうだなあ』と思うこともあるのではないか」という考えが頭に浮かび、それが『親の顔』になったという。

志の輔師匠、不躾《ぶしつけ》な質問に丁寧にお答えいただきありがとうございました。

序章と終章に登場する『卯喬さん』のモデルは上方落語家の笑福亭右喬さん。以前、落語のマクラで話していたニートとホストの兄ちゃんのエピソードが印象に残っていたので使わせていただいた。もちろん、脚色を加えているので卯喬さんと言う名前に替えさせてもらった。

右喬さんのネタ、使わせていただきました。

「落語月の会」は実際に福井で活動するアマチュア落語家のグループだ。登場人物もまた実在する。定期的に落語会を開いたり、公民館や病院や老人ホームで落語をしたりしている。

落語月の会のことを本にしてみようと考えたのは、二〇一九年の春ごろだったと思う。

最初は、落語会での出来事を手帳に書き留めた短い日記のようなものだった。新型コロナウイルスの感染拡大により社会生活が制限され、持て余した時間の中で、他人から見ればガラクタのようなネタの山と向き合った。人物ごとに分類し、会の活動を時系列に整理して組み合わせると、程なく『落語のような物語』が出来上がった。読み返してみると可笑しくて堪らない。

喜び勇んで手当たり次第に見せて回った。落語にも落語月の会にも興味のない人にとってはさぞ迷惑だったろうと思う。我慢して最後まで読んでくれた人とは今も良好な友人関係を維持している。

いただいたご意見に興味深い共通点があった。小説として成立させるために作ったお話、所謂フィクションの部分を指して、

「こんなことがあったんですね」

と、実話であるように感心され、本当にあった出来事を、

「これは作り話でしょう。こんなアホはいるわけがない」

と、言われる。

いるのです。そんなアホが。

コロナ禍で高座に上がれずにいる仲間たちに原稿を見せ、出版しようと思うと話してみた。

真月は、落語演りたいなぁとマスク越しに呟いて、

「いいと思います。是非本にしてください」と、言った。

Q月は即座に、

「二冊買います」と、答えた。

笑月は、

「こんな風に『親の顔』ばっかりやってる落語家がいると思うと勇気が出ますねぇ」と、言った。——お前のことやがな。

だんごに連絡を取る時には、ばあちゃんの携帯に電話をする。ばあちゃんがだんごのマネージャーでじいちゃんがドライバーだ。出版の話に、

「ほんまにぃ？　その本、いつ出るのん？」

と、実に前向きだ。だんごのキャラクターを少々明け透けな女の子に描き過ぎたのが気になって、「ゴメン。だんごちゃんが『じゃりン子チエ』みたいになってしもた」と、詫

びると、「構《かま》へん構へん。楽しみやわぁ」と、喜んでいる。だんごにこの話がちゃんと伝わるのだろうかと心配になる。だんごは話の中で小学4年生として登場する。本当のだんごはこの春、高校生になった。だんごの名誉のために…。――実際のだんごちゃんは現在、素敵なレディに成長しています。

夕月に原稿を渡してしばらくしてから感想を聞くと、

「わいらみたいなもんは笑われて何《なん》ぼですさけぇ、仕方のないことやと思うております」

と、言った。未だに意味が分からない。

末筆ながら、出版に当たりお世話になった皆さま、応援してくれた仲間たち、いつも落語月の会の落語を聞きに来てくださるお客様に深く感謝いたします。

著者

## 著者プロフィール

**鳴尾 健**（なるお たけし）

1960年5月生まれ。大阪府大阪市出身。
京都産業大学外国語学部卒。
福井放送勤務を経て、福井街角放送を設立。
福井県福井市在住。
「落語月の会」会員番号２番。

## 落語 月の会

2021年11月15日　初版第１刷発行
2023年６月20日　初版第２刷発行

著　者　鳴尾 健
発行者　瓜谷 綱延
発行所　株式会社文芸社
〒160-0022 東京都新宿区新宿1－10－1
電話 03-5369-3060（代表）
03-5369-2299（販売）

印刷所　株式会社暁印刷


ISBN978-4-286-23060-3　JASRAC 出 2107190 － 302